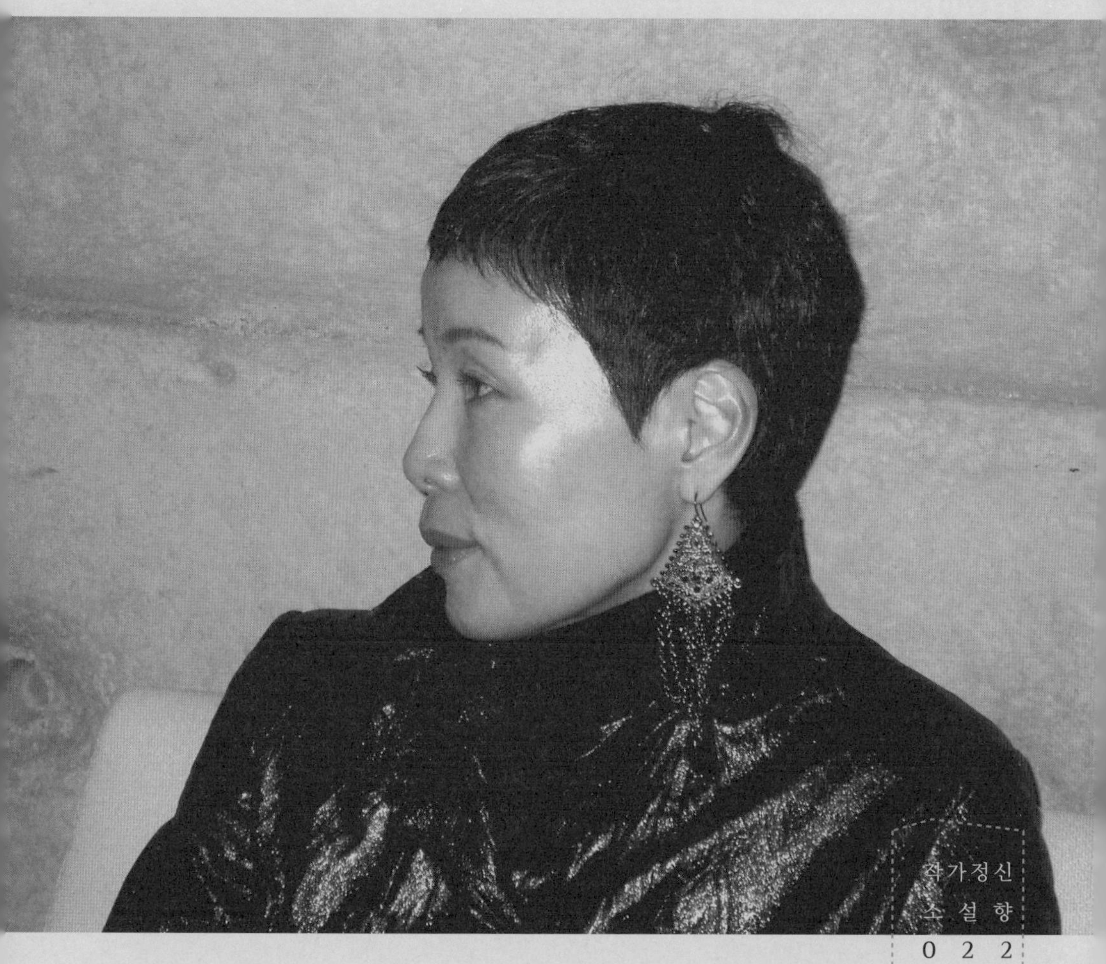
작가정신
소 설 향
0 2 2

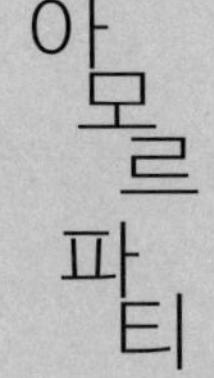

아모르
파티

작가정신
소 설 향
아모르 파티 ⓒ 송혜근, 2006

· 초판 1쇄 인쇄일 | 2006년 5월 3일 · 초판 1쇄 발행일 | 2006년 5월 10일

· 지은이 | 송혜근 · 펴낸이 | 박진숙 · 펴낸곳 | 작가정신

· 121-210 서울시 마포구 서교동 362-16 개나리 빌딩 5층

· 전화 (02)335-2854 · 팩스 (02)335-2855 · 이메일 jakka@unitel.co.kr

· 홈페이지 www.jakka.co.kr · 출판등록 1987년 11월 14일 제1 537호

ISBN 89-7288-280-1 03810, ISBN 89-7288-092-2(세트)

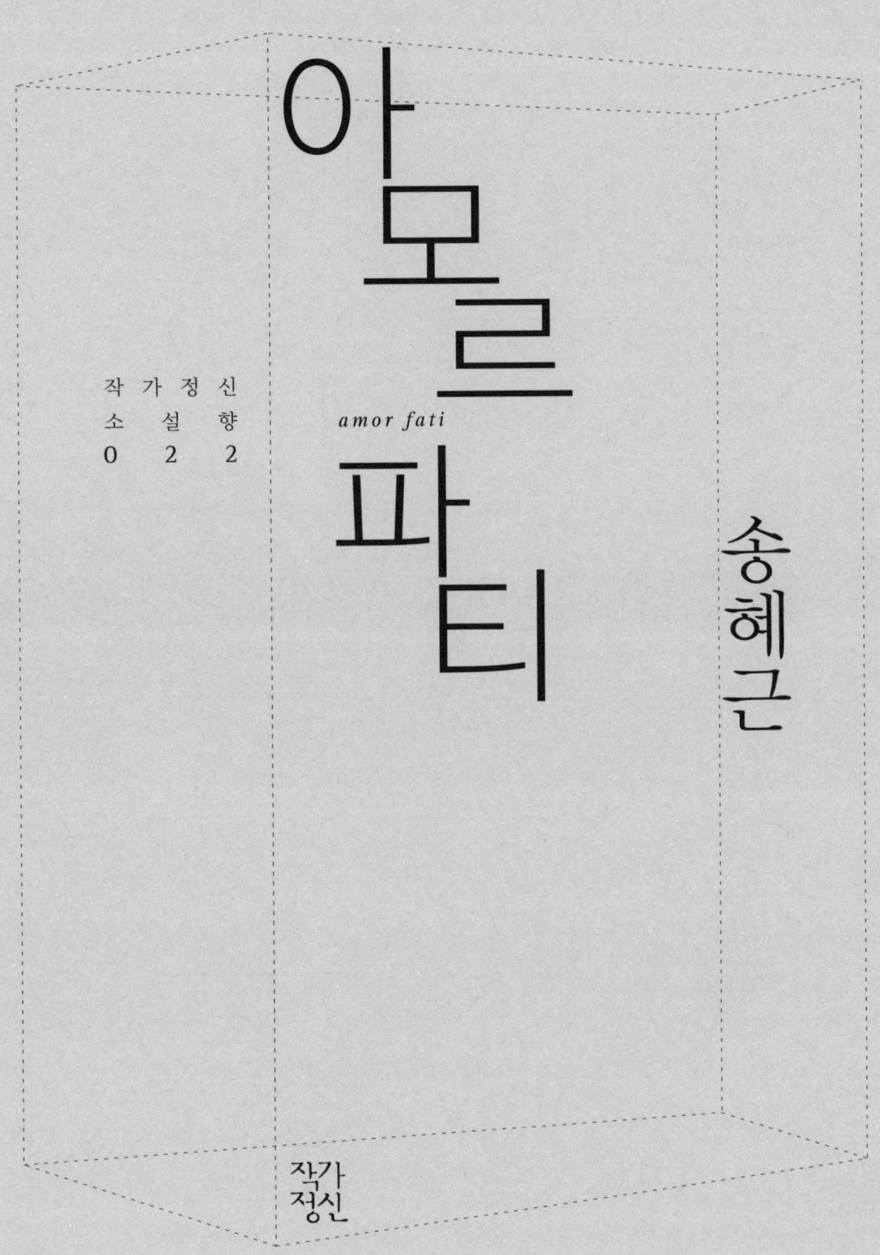

아모르
파티
amor fati
작가정신
소 설 향
0 2 2
송혜근
작가
정신

내가 쓴 소설이 완성 직전에 사라져버렸다. 마감 12일을 남긴 날이었다. 사고는 컴퓨터의 윈도우가 깨지면서 발생했다. 시디를 넣고 포맷을 한 후 들어가 보니 컴퓨터 안의 모든 데이터가 사라지고 없었다. 참담했다. 순간 어떤 생각이 스치고 지나갔다. 소설을 다시 쓸 수 있는 동기부여가 될지도 모르는 생각, 컴퓨터의 백지화와 관련된 어떤 생각.

"사람의 기억도 지울 수 있습니다"라고 센터의 원장은 말하고 있었다. 몸이 좋지 않아 운동을 하려고 찾아간 센터에서 원장과 얘기를 나누던 중에 나온 말이었다. 당시 나는 이렇게 말했던 것 같다. "머릿속의 회로를 바꾸고 싶어요. 오랫동안 살아오면서 복잡하게 굴절된 것 같지만 사실은 정형화되어버린 회로를요. 그 회로가 나의 말과 행동을 조절하고 있어요. 그래서 내가 하는 모든 것이 다 예측 가능하거든요. 나는 예측 가능한 말만 하고 예측 가능한 반응만 하고 예측 가능한 행동만 해요. 그게 날 갑갑하게 해요. 감옥 같아요." 그때 그가 설명을 하면서 그렇게 말했었다. 사람은 뇌의 정보에 따라 움직인다고. 뇌의 정보를 지우거나 바꿀 수 있다고. 우리가 뇌의 정보를 통제하면

회로를 바꾸는 건 쉽다고.

나의 소설은 기억 지우기와 상당히 관련이 있다. 그렇기 때문에 데이터를 잃었을 때 이것도 내 소설을 쓰는 작업의 연장선에서 생각하게 됐고 그래서 다시 쓸 수 있는 힘을 얻을 수 있었다.

오늘, 난 더 이상 불행하지 않고, 더 이상 절망하지 않는 상당히 긍정적인 상태에서 이 글을 쓰고 있다. 머릿속의 회로가 바뀌기 시작했기 때문이다. 한 가지 분명한 것은, 다른 모든 사람들도 그렇겠지만 나도 살려고 애를 써왔다는 것, 다른 사람들에게 그들 나름의 방식이

있고, 나에게도 내 나름의 애를 써온 방식이 있고, 내가 들려줄 것은
바로 그것이라는 것.

송 혜 근

차 례

1

　나는 너무 오랫동안 살았다. 한 천 년? 혹은 억 년? 그런 만큼 나는 늙고 지쳤다. 모든 것이 반복적이고 익숙하다. 새로운 것은 하나도 없다. 그냥 비슷한 것을 답습할 뿐이다. 언제 이 지리한 여행을 끝낼 수 있을까? 나는 미개 종족의 예언자였고, 남편에게 맞고 사는 시골 아낙이었고, 칼날 같은 원칙을 고수하다 유배당한 귀족이었고, 한 가정의 가장이었고, 모든 사람들의 찬사를 받던 공주였다. 나는 지상에서 가능한 모든 것이었다. 나는 세계 방방곡곡의 여러 도시들과 마을에서 살았다. 그곳이 어디였는지는 잊어버렸지만 때때로 말의 뉘앙스와 바람의 냄새를 통해 그곳들을 느낀다.

인도에 타멜이라는 곳이 있다. 평화롭고 예스러운 곳, 시간이 직선이 아닌 곡선으로 마냥 더디 흐르는 곳, 아침을 먹고 나서 한참 있다가 점심시간이 되는 곳. 그런 곳. 나는 타멜라로부터 그곳에 대한 얘기를 들으면서 익숙하다고 느낀다. 전생에 내가 살았던 곳의 하나라고 느낀다. 타멜라는 정확히 이렇게 표현하지는 않았다. 적어도 아침을 먹고 나서 한참 있다가 점심시간이 되는 곳이란 표현은 쓰지 않았다. 그런데도 나는 그렇게 듣고 있다.

"그래서 타멜이 너무 좋아서 내 이름을 타멜라로 지었어요."

나는 타멜에서 사랑을 했다. 정직한 눈과 건강한 몸을 가진 남자였다. 우리는 너무너무 사랑했다. 사랑의 가치를 몰랐던 철부지 나는 그를 배반했다. 그 때문에 그는 죽었다. 그래서 그후의 생에서 나는 남자의 사랑을 받지 못한다. 타멜라의 말을 들으면서 나는 생각한다. 아니 생각이 아니라 그냥 그런 것들이 느껴진다. 그럼 타멜라의 '라'는 무얼까? 타멜의 여성이라는 말인가? 나는 궁금했지만 구태여 묻지 않는다. 사실보다도 멋대로 생각하는 게 더 좋을 때가 많다.

우리는 '햇살돛단배'라는 카페에 앉아 있다. 빨강, 노랑, 주황의 페인트벽, 그것도 붓의 털 자국이 드러나도록 거친, 그리고 소품으로 놓인 타이프라이터나 호롱불 같은 것들이 지중해 연안의 어느 항구도시를 연상시킨다. 타멜라 곁에는 폴이 앉아 있다. 두 사람은 누가 보더라도 예사롭지가 않다. 예사롭지 않은 사람들이 비교적 많은 대학로에서도 유난히 튄다. 타멜라는 생긴 것 자체가 이국적이다. 검게 그을린 밀빛 피부에 굵은 머리카락을 노랗게 염색해서 젤리로 힘을 주어 갈기처럼 뻗게 하고, 색조가 강한 화장에 반짝이는 팔찌와 반지를 겹겹이 낀 그녀는 피부색과 머리털 때문에 암사자 같다. 혹은 중세 신비주의자들 모임의 여사제 같기도 하다. 곁에 앉은 폴은 낡아 보이면서도 멋스러운 체크무늬 코트를 걸치고 있다. 낡아 보이는 것은 의류회사의 콘셉트로 처음부터 그렇게 나온 제품일 것이다. 미적 감각이 뛰어나다는 것이 그의 예민한 얼굴에 드러나 있다. 우리는 약 사십오 분 전에 처음 만났다. 카페 앞에 있는 '타멜라'라는 옷가게에서다. 그러니까 타멜라는 여자 이름이기도 하고 옷가게 이름이기도 하다. 운동하러 센터에 가기 전 시간이 남아서 센터 앞에 있는 그곳에 갔을 때였다. 평상시와 달리 남자가 나를 맞았다. 나는 첫눈에 그가 폴 사장이라는 걸 알았다. 그동안 그 가게에 다니면서 여종업원에게 들은 말 때문이다. 여종업원은 나에게 폴에 대한 몇 가지 정보를 제공했는데, 옷 디스플레이가 마음에 들지 않으면 집어던진다는 것, 그가 갖다 놓은 시디만 틀어야 하는데 만일 틀어놓지 않거나 향을 피워놓지 않으면 화를 낸다는 것 등이었다. 그곳에서 쓰는 향은 라벤더 향이다.

나는 가게로 들어가 옷을 살펴보기 시작했다. 그는 첫눈에 모든 걸 보는 타입이었다. 나는 그의 시선을 의식했다. 그의 시선은 실제 눈의 위치보다 조금 더 위 이마 쪽에 있는 것 같은 이상한 느낌이었다. 무엇이 어울릴지를 즉시 감 잡은 그는 나에게 하프코트를 권했는데 그게 내 마음에 쏙 들었다. 투박한 면직이어서 선의 각이 편안하게 뭉개져 있는데 자칫 심심할 뻔한 옷의 히프선에 투박한 제 천으로 과감하게 세 겹의 레이스를 둘러서 여성스러움을 드러낸 것이다.

"잘 어울리시네요."

그는 자신이 골라준 옷을 입은 나를 작품을 보듯 바라보았다.

"〈어바웃 어 보이About a boy〉란 영화에 나오는 여주인공 닮으셨어요. 개인적으로 제가 그런 취향을 좋아하거든요."

그가 좋아하는 건 그 영화에 나오는 여주인공이 입는 옷 스타일을 말하는 것 같았다. 나는 그 영화를 보았는데도 여주인공의 얼굴은 생각나지 않았다. 아마 그렇게 눈에 띄는 형이 아닌 것 같았다.

"그냥 멋만 부리고 다니기에는 아까우세요. 어때요, 이 가게 해보지 않겠어요?"

삼 초쯤 생각해본 내가 대답했다.

"좋아요."

그는 동업자인 타멜라를 불러냈고 그래서 우리는 햇살돛단배에 앉아 있는 것이다. 그 삼 초 동안 나는 많은 걸 생각했고 분석했다. 첫째 그 가게는 길목이 마음에 들었다. 대학로 대로변이 아닌 이면도로에 자리 잡아서 비교적 한적했고, 넓지 않은 도로 양편에는 노천 구이집들이 늘어서 있어서 여유로웠다. 둘째는 옷가게 자체가 마음에 들었다. 건물과 건물 사이에 긴 창고 같은 가건물이 주는 가벼움이 좋았고, 인테리어나 음악이 미국 서부 히피의 본거지인 버클리대학 앞이나 뉴욕 소호의 상점들을 연상시켰다. 셋째는 보통의 옷들에 비해 많이 튀는 색감이나 디자인들끼리 코디를 한 파격적인 감각이 마음에 들었다. 넷째는 옷가게를 작업실로 쓸 수 있다는 점이다. 마침 두 달 전쯤 모 출판사와 소설을 쓰기로 계약을 한 참이었다. 정적인 곳보다는 동적인 환경에서 작업이 잘 되는 편이기 때문에 그곳에서는 글을 쓸 수 있을 것 같았다. 그리고 무엇보다 심심했기 때문이다. 무언가 삶의 변화를 줄 사건이 막 일어난 것이다.

타멜라는 갑작스런 사건에 적응이 되지 않는 듯 멀미를 하는 표정이다.

"가게를 맡긴다는 생각을 해보지 않아서요."

그녀는 심령술사 같은 태도로 앉아 나를 찬찬히 뜯어본다. 그녀에게서 어떤 감을 포착하기 위해 촉수를 세우고 있는 듯한 날카로움이 느껴진다.

"현실적으로 우리가 다 끌고 가기 벅차잖아요."

폴이 그녀를 설득한다. 그의 말에 의하면 체인점이 늘어나는 상태라 물건 하러 외국 나다니기도 힘들어 두어 곳 정도 관리를 맡겨야 한다는 것이다.

"그렇다면 그 가게를 원하는 사람이 따로 있어요."

타멜라는 의지가 느껴지는 단호한 동작으로 담뱃불을 비벼 끈다. 그녀의 감이 최종 분석을 내린 것이다.

"그 사람은 사람은 좋으나 타멜라 콘셉트에 맞지 않아요. 나도 대학로점을 아끼기 때문에 다른 분에게 양도할 생각이 없어요. 이분이니까 하는 거예요. 그리고 대학로 지분은 나에게 있어요."

폴이 배째라 하는 기세로 나온다. 두 사람 사이에 팽팽한 긴장이 이어진다. 폴로부터 나오는 기운에는 날카로운 날이 서 있다. 반면 타멜라는 바위다. 둘이 부닥치면 칼이 부러질지 바위가 깨질지 알 수 없는 상황이다. 잠시 후 타멜라가 긴장을 이기기 힘겹다는 듯 한숨을 쉰다.

"좋아요. 임대료, 인건비, 유지비 내고 남는 건 가지세요. 물건은 타멜라 것만 판매하세요. 사람을 구할 때까지 지금 있는 금희를 데리고 있으세요. 미술을 전공한 앤데 퍼포먼스도 하고 감각이 뛰어나요. 걔는 드릴 수 없어요. 개인적으로 내가 아끼는 애라."

그녀의 항복에 폴은 즉시 무장해제한다. 이제 그의 얼굴에 승리의 기쁨이 떠올라 있다.

"그런데 하시는 일이 있으세요? 그냥 살림만 하고 사시는 분 같지가 않아서요."

타멜라가 비로소 나에게 관심을 보인다.

"소설을 써요."

"소설이요? 인상이 소설가라기보다는 디자이너 같으세요. 혹은 현대무용가?"

"그런 말 많이 들어요."

"딱 그렇네요."

폴이 맞장구친다.

"가게에 책상이 있어요. 앤티크 책상. 거기 앉아서 글을 쓰세요. 책상 뒤에 책을 꽂을 공간도 있어요. 그곳에 선생님 책을 갖다 놓으세요. 가게 분위기도 좋아질 거예요. 앉아서 필요한 책을 보시고 글도 쓰시고, 그대로 작품이네요."

그 책상은 나도 보았고 그 가게 관리를 응낙한 작은 이유 중 하나이기도 하다.

"그런데 두 분은 어떻게 만나셨어요?"

나는 덧입고 덧껴서 장식을 극대화하는 타멜라와 배제할 수 있는 건 최대한 배제하는 드라이한 폴을 흥미롭게 바라보며 묻는다.

"폴 사장이 경희대 앞에서 가게를 하고 있었어요. '타멜'이라고. 인테리어도 좋고, 저 감각이면 되겠다 싶어서 동업하자고 제의했어요. 지금도 간혹 디자인을 해서 옷을 만드는데 반응이 아주 좋아요. 아마 나중에 디자이너로 크게 성공할 거예요."

기분 좋은 상황이 아님에도 불구하고 타멜라는 폴의 재능만큼은 어쩔 수 없이 인정한다. 아마 그녀가 양보할 수밖에 없었던 건 사업을 위해 그의 감각이 필요해서인지도 모른다.

"저는 쉬크한 스타일을 좋아하는데 타멜라 사장은 펑키하지

요. 그래서 옷을 하러 가면 자주 싸워요. 그렇게 해서 골라온 옷
들의 반응이 좋아요. 두 색깔이 묘하게 조화를 이루나 봐요. 선
생님 나중에 우리 커다란 매장을 지어요. 방마다 콘셉트가 있는
거예요. 타멜라 사장 콘셉트, 내 콘셉트, 선생님 콘셉트. 손님들
이 편히 쉴 수 있는 라운지도 마련하고요. 그렇게 장사를 하면서
멀리 봐요. 저는 좋아하는 사람들하고는 밀착하지 않거든요. 그
런 정도의 거리를 두고 지켜볼 수 있는 관계 그게 좋아요."

"재미있겠네요."

내가 맞장구친다.

"그럼 언제쯤 시작할 수 있으세요? 우리가 옷 하러 유럽에 가
야 하니까 빨리 했으면 좋겠는데요."

막상 결정이 되자 이번에는 타멜라가 서두른다. 타멜라에서
파는 옷들은 세계 각처에서 수입하는 거라고 그녀가 설명한다.

"저희에게서 상업적인 냄새가 나지 않아서 그런지 좋은 바이
어들을 만나요. 외국에 나가면 타멜라는 남자 바이어들에게 인
기가 있어요."

"폴 사장은 여자 바이어들에게 인기가 많지요. 우린 최고의
바이어들과 일해요. 그 사람들은 좋은 물건이 있으면 이왕이면
우리에게 주고 싶어해요. 우리도 우리 외의 다른 한국 수입상들

하고 일하는 바이어들하고는 거래를 끊어요. 그래서 우리 옷들은 특별하지요."

나는 다음 주부터 일을 하기로 한다. 우리는 가볍게 식사를 하고 차를 마시고 나서 햇살돛단배를 나와 헤어진다. 몇 걸음 걷다 말고 뒤돌아본다. 타멜라와 폴이 대학로 인파 속으로 휩쓸려 들어가고 있다. 체중이 나가는 타멜라는 땅을 다지듯이, 가벼운 폴은 날듯이 걸어가고 있다. 걷는 모습조차도 언밸런스한 그들의 이질적인 모습이 주변의 평범한 사람들을 배경으로 오히려 조화돼 보인다. 그들은 여행 중에 지구에 들른 한 쌍의 외계인 같다. 잠시 쉬어가면서 이 별에서는 옷장사로 재미있게 지내보겠다고 생각하는 외계인. 나는 한 시간 전에는 알지도 못했던 그들을 바라보고 있다. 지금도 역시 그들에 대해 아는 것이 거의 없다. 그런데도 나는 마치 수십 년 사랑했다 헤어진 사람들을 보는 것처럼 애틋한 심정으로 지켜보고 있다.

2

혜화동 로터리에서 서울시장 공관 쪽 언덕으로 올라가다 보면 혜화성벽이 나온다. 그 성벽을 따라 계속 올라가다 보면 삼각 지붕의 회색 건물이 공중에 우뚝 솟아 있는 게 보인다. 가운데가 뻥 뚫린 그 건물은 주변의 전형적인 주택들하고는 전혀 닮은 데가 없이 혼자 이질적이다. 애써 상상력을 발휘하면 삼각지붕 꼭대기에 종이 매달려 있을 것 같고 노트르담의 꼽추라도 있어서 그 종을 칠 것 같은 분위기다. 그게 건물의 뒷면이다. 건물의 앞면으로 돌아가서 보면 쇠 그물망으로 씌워진 건물 한 채가 우뚝 모습을 드러내는데, 은빛 쇠 그물이 햇빛을 받아 빛을 발할 때면 어쩌다가 다른 세계에 불시착한 괴선 같기도 하다. 유리창 안으로는 일렬로 늘어서 있는 대나무들이 보이기도 하고, 절벽처럼 가파르게 깎아지른 은빛 지붕 면에서 삐죽 솟아 나온 감나무는 마치 초현실주의 작품 같기도 하다. 전형적인 한옥마을이었던 그 동네 사람들은 그 건물에 쉽게 적응이 되지 않는다. 그런 형태의 집에 사람이 산다는 게 편안하지가 않다. 그래서 어쩌다 그 건물의 지붕에 비가 새서 인부들이 몰려올 때면 그럼 그렇지 하고 고개를 끄덕이곤 한다. 그들은 그 건물뿐 아니라 그 건물에 사는 사람들의 삶의 형태에도 적응이 되지 않는다. 그 건물에서는 일상생활의 소음도 나지 않고 음식 냄새도 나지 않는다. 사람들한테서도 일상에 찌든 기미가 도무지 보이지 않는다.

그 건물에는 모두 다섯 가구가 산다. 거의 유리로 되어 있는 맨 위층의 실험적인 공간에서는 집주인인 강 사장이 살고 있다. 허공에 매달린 침대에서는 유리 지붕을 통해 밤하늘의 별이 보인다. 그 아래 젠 스타일의 집에는 내가 산다. 집 안에 아예 흙바닥을 만들어 대나무를 심고, 감나무가 유리 부스 안에 들어가 있기도 하다. 컴퓨터 사업이 뜻대로 안 돼 고심하던 시기에 강 사장이 기분전환용으로 그 집을 지은 것인데 공간에 맘껏 해보고 싶은 대로 상상의 나래를 폈다는 것이 그 집에서 드러난다. 이 층에는 캐나다인과 한국인 남자가 각각 살고 있고, 지하에는 대중의 눈길을 피하고 싶은 유명 연예인이 살고 있다. 이곳에 사는 사람들은 어떤 이유이건 지금은 다 싱글이다. 집의 구조가 일반적인 통념으로부터 자유로워 싱글들의 기호에 맞기 때문이다. 월세라는 형태도 소유보다는 무소유의, 정착보다는 통과의 느낌을 준다.

그 집 삼 층에서 나는 마지막 휴일을 보내고 있다. 다음 주부터는 타멜라에서 일을 해야 한다. 나는 타멜라에서 일을 하는 것을 선택했고 그 결정에 매우 만족하고 있다. 집은 조용하다. 조용하다 못해 적막하기까지 하여 속세에서 멀리 떠나와 있는 것 같다. 집에 들어앉아 있으면 저 언덕 아래 대학로에서 일고 있는 소음이 들려오는 것 같다. 그곳에는 내가 일하게 될 타멜라와 운동을 하는 단 센터가 서로 마주 보고 있다. 집과 타멜라와 단 센터, 이 셋이 요즈음, 그리고 앞으로 내가 그릴 생활반경이다. 그 안에 나의 모든 것이 들어 있다. 집은 그 삼각구도의 제일 위 정점에 있다. 집 중앙에 대나무 정원이 있다. 나는 통유리를 통해 테라스와 정원을 내다보고 있다. 바람이 불어온다. 쏴쏴 거리면서 흔들리는 이파리 소리가 문득문득 나를 열반의 세계로 이끈다. 나는 내적인 평화 안에서 깜빡깜빡 졸기 시작한다.

테라스에 기어 들어오던 햇빛을 보고 있었는데 어느덧 서서히 물러나고 있다. 태양이 매일 떠오른다는 것은 정말 다행스런 일이다. 만일 태양이 하루에 두 번 뜨기도 하고 이틀에 한 번 뜨기도 하면서 변덕을 부린다면 나는 삶의 구심점을 찾기 위해 종교나 남자, 하다못해 고정관념이라도 붙잡았을 것이다. 그런데 다행스럽게도 태양은 매일 한 번씩 뜨고 있고 그걸 우리 집 테라스에서 증거해 보이고 있다.

전화벨 소리가 적막을 깬다. 집주인인 강 사장이 잠깐 방문해도 되냐고 한다. 느슨한 차림으로 있던 나는 옷을 갈아입을 시간을 벌기 위해 십 분 후에 오라고 한다. 우린 오랜 지기지만 아직도 방문을 허락받을 정도로 깍듯하다. 거실에 있던 나는 침실로 향한다. 침실로 가는 통로에는 대나무가 쭉 심어져 있다. 통유리를 통해 보이는 중정의 대나무와 집 안의 복도를 따라 일렬로 심은 대나무 샛길을 걸어 침실로 들어서면 커다란 유리 박스로 된 샤워실과 마주친다. 그 안에서 샤워를 하면 그 자체로 행위예술이 된다. 침대는 샤워 부스가 있는 곳에서 계단 세 개를 내려가야 한다. 침대에 누워서 보면 커다란 통유리 샤워 부스가 앞을 가로막고 있고, 샤워 부스의 유리를 통해 대나무들이 보이고, 위쪽으로 하늘이 보인다. 감나무를 심은 유리 부스도 집 안으로 들어옴으로써 작품이 된다. 이 집이 완공도 되기 전에 와서 보고 난 이 집에서 살아야 한다고 결심했었다.

옷을 갈아입고 거실로 나와서 차를 준비한다. 강 사장이 커피를 마시지 않기 때문에 녹차를 준비한다. 처음 봤을 때부터도 그는 커피를 마시지 않았다. 커피뿐 아니라 술도 마시지 않는다. 인위적으로 정신을 고무시키는 음식을 그는 먹지 않는다고 했다. 그러고 보면 그는 늘 깨어 있는 것 같다. 그를 처음 본 곳은 한국과학기술원이었다. 난 그 순간을 선명히 기억한다. 단조로운 회색의 건물들, 무채색의 옷을 입은 연구원들로 칙칙했던 그곳에 그가 나타나던 순간을. 일을 하다가 무심코 복도로 눈길을 주었는데 강렬한 어떤 것이 눈길을 잡아끌었다. 노란 와이셔츠에 멜빵 달린 검정 코르덴 바지를 입고 턱수염을 기른 남자가 색을 메고 걸어오고 있었다. 그가 내 앞에 와서 물었다. "시스템공학센터가 어디죠?"

우리는 마주 보이는 방에서 일을 했다. 그는 '재미 과학도 이세 모국봉사단'의 일원으로 한국에 나와 한글 워드프로세서를 개발하고 있었다. 일을 하다가 고개를 들면 그가 보였다. 가끔 그와 눈이 마주치기도 했다. 쿨하면서도 열정으로 반짝이는 눈이었다. 일을 하다가 지루하면 가끔 내 자리로 와서 엉뚱한 질문을 던졌다. "신을 믿으세요?" "죽으면 어떻게 된다고 생각하세요?" 그러면 내가 단답형으로 대답했다. "아니요." "죽으면 끝이죠." 남보다 늦게 점심 먹으러 가다 보면 여자들에게 둘러싸여 걸어오고 있는 그가 보였다. 한번은 그와 스쳐 갔는데 그가 일행을 뒤로하고 나에게로 와서 물었다. "식사하는 동안 동무해줘도 괜찮겠어요?" 우리는 밥을 먹으면서 영화 얘기를 했다. 주로 그가 얘기했고 나는 들었다. 퀸즈대학에 다니던 그는 영화 한 편을 보기 위해 뉴욕까지 차로 열네 시간을 달리기도 했다고 했다. 그 다음부터 우리는 가끔 점심을 같이 먹었다. 먹으면서 주로 그가 얘기했고 나는 들었다. 한 달 후 그가 떠나던 날 내가 그에게 말했다. "태진 씨는 삼 년에 한 번쯤 만나보고 싶은 사람이에요."

그게 전부였다. 그런데 헤어지고 나서 그로부터 편지를 받았다. 죽을지도 모르는 수술을 받기 전에 쓴 편지였다. 갑자기 내 생각이 나서 쓴다고 했다. 열세 장 빽빽이 쓴 편지였다. 편지에는 생에 대한 사랑이 그득히 쓰여 있었다. 그는 다하지 못한 그 막연한 사랑을 고백할 대상으로 막연한 대상인 나를 떠올린 것이다. 그는 살아났고 사랑하는 여자와 결혼했다. 그리고 내 말대로 우리는 삼 년에 한 번쯤 보게 되었다. 서로 의도적으로 찾지 않으면 우연히 길거리에서 보았다. 한국과 미국이라는 두 나라에서 교대로 살았는데도 말이다. 만나면 우리는 삼 년 사이에 일어났던 일들을 얘기했다. 주로 스쳐 간 사람들에 대한 얘기가 많았다. 할 얘기가 많은 날은 레스토랑과 커피숍을 전전하며 열 시간 꼬박 얘기하고 그 다음 날에도 만나서 얘기했다. 머리가 좋은 그는 삼 년 전에 정확히 어디까지 얘기했는지 기억하고 그 이후부터 말을 풀어나갔다. 서로에 대한 얘기가 끝나면 그 길로 헤어졌다. 같이 영화를 본 적조차 없다. 그와 만난 지 삼 년이 돼간다고 생각한 어느 날 우리는 서로 찾았다. 그리고 그와 만난 날 그가 짓고 있는 집을 보여주었고 우리는 같은 건물에서 사는 이웃이 되었다.

그가 들어선다. 거의 두 달 만에 보는 것 같다. 같은 건물에서 살지만 우리는 한두 달에 한 번쯤 본다. 그래도 삼 년에 비하면 훨씬 잦아진 편이다.

"미국에서 어제 돌아왔어요."

그에게서 오래 쌓인 피로를 풀고 난 후의 꺼칠하면서도 느슨한 분위기가 느껴진다. 그는 마이크로소프트와 호환성이 있는 '싱크프리thinkfree'라는 컴퓨터 운영체제를 개발했고 그 홍보 때문에 세계를 돌고 있다. 우리는 차를 마시면서 그간의 일을 얘기한다. 여행 중에 겪은 드라마틱한 사건들을 그는 조리 있게 설명해나간다. 모든 카오스적인 것들도 그의 이성적인 뇌를 거치면 코스모스적인 것으로 정리가 된다. 그에게는 이성으로 해석이 되지 않는 것들이 없다. 그가 얘기를 마치면 내가 얘기한다. 정해놓은 건 아닌데도 늘 그런 식으로 된다. 이제는 내가 얘기한다.

"타멜라. 알아요. 사호선 출구 근처에서 봤어요. 잘 어울려요. 옷 입는 노하우를 썩히기 아깝다고 생각했는데 잘됐네요."

그의 대답은 짧다. 하지만 그는 나에게 또 하나의 사건이 닥쳐왔음을 인지하고 이제는 제법 길어진 나의 역사에 사건 하나를 더 올린다.

"그리고 혹시 집을 바꿀 마음이 없어요? 리처드가 대사관에서 주택보조비를 올려준다고 삼 층에서 살고 싶다고 해서요. 한국을 떠나기 전에 한번 살아보고 싶다고요."

"그래요. 바꿔줄게요."

나는 선뜻 승낙한다. 타멜라를 맡을 때도 그랬지만 이번에도 결정을 내리는 데 몇 초 걸리지 않는다. 처음 이 집으로 이사 들어올 때 돌아가면서 한 번씩 다 살아봐야겠다고 생각했기 때문에 쉽게 내릴 수 있는 결정이다.

"운동은 잘 하고 있어요? 새벽마다 기감氣感 때문에 잠에서 깨는 건 여전하구요?"

"네."

그것까지도 얘기했었나? 하지만 새벽마다 일어나 관절을 틀어대는 내 모습이 공옥진 여사가 추는 병신춤을 닮아 있다는 것은 얘기하지 말아야지. 그러면서도 나는 말한다.

"인시가 기감이 가장 강할 때래요. 기감을 잘 느끼는 사람에게 그런 현상이 일어난대요. 보니까 센터 회원 중에 나처럼 새벽에 일어나 관절을 틀었던 사람이 더러 있더라고요. 어떤 사람은 두 달 정도 했다고 하고, 어떤 사람은 일 년이나 그랬다던데 아마 관절이 막힌 정도에 따라 다른가 봐요."

"관절을 틀다니요?"

"그게 내 의지가 아니라 몸이 절로 움직이는 거예요. 마치 몸이 이제 그만 구속하라고 반란을 일으키는 것 같아요. 공옥진의 병신춤을 상상하면 돼요.”

나는 말하면서 얼굴을 살짝 붉힌다. 늘 단정한 몸가짐을 유지해오던 나의 이미지가 그 앞에서 희극적으로 실추되는 순간이다.

“센터에 다니면서 생긴 현상이에요. 아무튼 신기하더라고요. 그래서 센터에서 권하는 건 가급적 하려고 해요. 그래서 요즈음은 새벽에 영기통 수련을 하러 다녀요.”

나는 결국 모든 걸 말해버린다. 늘 그렇다 그에게는. 그도 나에게 그럴 것이다. 우리는 그렇게 상대방을 통해 자신을 비춰 본다.

“영기통 수련이요?”

“기를 통해 영혼을 만나는 수련이래요. 영혼은 기운을 통해 만날 수 있대요. 그래서 기감을 키우고 있어요.”

나는 말해놓고 나서 계면쩍은 미소를 짓는다.

“네에.”

그의 얼굴에 흥미로운 미소가 번진다.

“내가 좀 우스워지지 않았어요?”

“아니요. 운동을 하면서 활력적으로 변했어요. 좋은 현상이라고 생각해요. 그럼.”

차를 다 마신 그가 방문을 허락받을 때와 마찬가지로 깍듯이 인사를 하고 돌아간다. 난 다시 편안한 옷으로 갈아입고 거실바닥에 눕는다. 위층에서 우르릉쾅 하는 소리가 난다. 이 집에서 아주 가끔 나는 유일한 소음이다. 그가 프로젝터로 영화를 보고 있는 것이다. 우리는 휴일을 각자의 방식으로 보내고 있다. 같이 영화를 보려면 둘 사이에 좀 더 다른 어떤 코드가 필요한 것이다. 모든 걸 다 말하면서도 영화는 같이 보지 않는 사이, 우리의 사이가 그렇다. 그렇지만 한 가지 분명한 것은 우리가 헤어져 삼 년 이상 만나지 않게 되면 몹시 궁금해질 거라는 것.

3

　새벽 다섯시에 집을 나선다. 영기통 수련을 하기 위해서다. 영혼을 만나게 해준다는 건 내가 다니는 단 센터 원장의 약속이다. 우리의 첫 만남에서 이뤄진 약속이다. 정확히 말하면 그 약속이 이뤄진 날이 첫 만남이 아니다. 나는 그를 전에 세 번 더 보았다. 단 하루 동안 길거리에서 말이다. 아침 여덟시쯤 그는 혜화역 출구에서 단 센터를 홍보하는 전단을 돌리고 있었다. 이런저런 전단을 돌리는 사람들하고 그는 달랐다. 일단 밝고 훤칠했다. 전단을 받는데 그의 눈이 웃고 있었다. 아름답고 강직한 눈이었다. 오후에 성균관대학 근처의 카페에서 커피를 마시다가 그를 또 보았다. 나는 이 층에 있었고 그는 밖에 있었다. 전봇대에 사다리를 고정시키고 타고 올라가 전봇대 상단에 단 월드 포스터를 붙이고 있었다. 포스터를 붙이고 나서 잠시 거리를 내려다보고 있었는데 또 눈빛이 관심을 끌었다. 마냥 투명해서 정서박약처럼 감정이 하나도 실리지 않는 것 같기도 했고, 어디 먼 곳에 가 있는 것도 같은 무심한 눈빛이었다. 밤에 모임이 끝난 후 집에 들어가다가 다시 그를 보았다. 밤 열두시가 넘은 시각이었다. 그는 혜화동 로터리 언덕길에서 포스터를 붙이고 있었다. 이런저런 모임의 뒤끝이 그렇듯 허탈한 심정으로 가던 나는 그의 모습에 다시 이끌렸다. 그가 어둠 속으로 사라지고 난 후에 포스터 앞에 서서 비로소 자세히 살펴보았다. 하얀 운동복을 입은 여자가 두 팔을 위로 쭉 뻗고 환하게 웃고 있었다. 그 아래 뇌호흡이라는 말이 쓰여 있었다. 그 문장을 보는 순간 꽉 막힌 머리가 느껴졌다. 뇌호흡이라! 뇌가 팔딱팔딱 호흡을 한다면 얼마나 좋을까?

다음 날 나는 센터를 찾았다. 누군가 나오길 기다리며 벽에 진열된 책을 보고 있는데 단 기공책의 표지 모델이 눈에 띄었다.

기공 동작을 취하고 있는 남자는 바로 그였다.

"아 그거요? 잘 나오려고 냅다 폼을 잡아서 마음에 안 들어요."

수련장에서 나오던 그가 책을 들고 있는 나를 보고 말했다. 그는 개량한복 비슷한 걸 입고 있었는데(나중에 그게 법복이라고 불린다는 걸 알았다) 그에게 잘 어울렸다.

"어떻게 오셨지요?"

티 테이블에 마주 앉아 차를 접대하면서 그가 물었다.

"몸이 너무 좋지 않아서 운동을 좀 하려고요."

난 나의 몸 상태를 설명했다. 당시 나는 면역력이 저하돼 온갖 염증을 달고 살았다. 이것저것 먹기도 하고 해보기도 했으나 효과가 없었다. 그래서 삶이 절망적이었다.

"잘 오셨어요. 우리 운동은 자연치유력을 극대화시켜주기 때문에 근본적으로 건강을 되찾을 수 있어요."

"그런데 뇌호흡이라는 게 무슨 뜻인가요?"

"우리 몸에는 심포경, 방광경 등 인체의 장기를 담당하는 12경락이 있어요. 그런데 뇌를 관장하는 뇌경만 없는 거예요. 그건 운동과 명상을 통해 다스릴 수 있어요. 사실 자연치유력이라는 것도 뇌와 밀접한 관계가 있는 거예요. 나중에 차차 깨닫게 되실

테지만 결국은 뇌의 자각과 선택에 달린 문제예요."

"뇌가 많이 굳어져버린 걸 느껴요. 아주 복잡한 것 같지만 실은 아주 단순한 회로만 남기고 다른 건 차단된 것 같아요. 그래서 그 회로가 내 말과 행동을 조절해서 난 예측 가능한 말과 행동밖에 못 하는 것 같아요. 그게 날 갑갑하게 하고 있어요. 난 자유로울 수 있는 여건을 다 갖췄어요. 지금이라도 아르헨티나에 가서 탱고를 배우며 살 수도 있어요. 누가 구속할 사람도 없는데 내가 나를 구속해요. 그래서 실은 자유롭지 못해요."

"회로를 바꾸면 돼요."

그의 간단명료한 말에 난 놀랐다. 그가 나의 횡설수설을 정확히 파악하고 있는 것이다.

"다시 말해 머릿속에 입력된 정보를 바꾸면 돼요. 부정적인 정보를 지울 수도 있고 긍정적인 정보를 덧입힐 수도 있어요. 딜리트delete하고 리라이트rewrite하는 거예요. 컴퓨터와 똑같지요. 우리는 뇌에 대한 연구를 상당히 해왔고 노하우도 비축돼 있어요. 일반인들도 접근하기 쉽게 그걸 프로그램화했어요. 도우님은 우선 몸을 만드시고 영기통 수련을 하세요. 그런 다음에 그 프로그램을 받아보세요."

그곳에서는 수련생을 '도우'라고 부른다. 같은 길을 가는 벗이란 뜻이다.

"영기통 수련이라니요?"

"기를 통해 영혼을 만나는 수련이에요."

"영혼이요?"

"난 도우님을 알아요. 혜화역에서 전단을 주면서 봤어요. 커피숍 이 층에서 날 보고 있었지요? 그날 밤에도 봤어요. 도우님을 봤을 때 눈물을 가득 머금고 있는 사슴이 보였어요. 슬픔이 많은 사람이더군요. 도우님은 아름다운 영혼을 가졌어요. 그 영혼이 도우님을 기다리고 있어요. 이제 만날 때가 된 거예요."

그가 나를 찬찬히 바라볼 때 순간 현기증이 일었다. 그 눈빛이 익숙했다. 길거리에서 보았기 때문에 익숙한 것이 아니라 그 전에도 알던 눈빛이었다.

4

나는 영혼을 만나기 위해 센터로 간다. 이렇게 새벽 영기통 수련을 다니기 시작한 지 오늘로 이 주째다. 센터 근처로 가자 어스름 빛 속에 서 있는 원장이 보인다. 그는 매일 그렇게 나와 있다가 영기통 수련을 받는 도우들이 도착하는 대로 꼭 안아주면서 기운을 돋워준다.

"오늘은 영혼과 만나실 거예요."

그의 가슴에 안기자 새 깃털 이불에 폭 싸인 듯 아늑하다. 그건 그의 기운이 만들어내는 에너지장 때문이다. 우리는 빌딩 육층에 있는 센터로 올라간다. 먼저 온 도우들은 정좌를 한 채 명상을 하고 있다. 방해하지 않으려고 조심스럽게 법복을 갈아입고 나오니 103배 절 수련이 막 시작되고 있다. 원장이 앞에 천서를 펼쳐놓는다. 그럴 때의 원장의 눈은 더욱 깊고 몸 전체에서 우리를 압도하는 기품이 풍겨 나온다. 어떤 신비한 기운이 그를 감싸는 것 같다. 방 전체에 그로부터 나온 신비한 기운이 꽉 찬다. 우리는 그를 따라 천부경을 복창하면서 절을 한다.

"일."

"일."

그리고 일제히 절.

"시."

"시."

그리고 일제히 절. 이런 식으로 다음의 천부경에 두 문장을 더해 103배를 한다.

일시무시一始無始

일석삼극무진본一析三極無盡本

천일일지일이인일삼天一一地一二人一三

일적십거무궤화삼一積十鉅櫃化三

천이삼지이삼인이삼天二三地二三人二三

대삼합육생칠팔구운大三合六生七八九運

삼사성환오칠일三四成環五七一

묘연만왕만래용변부동본妙衍萬往萬來用變不動本

본심본태양앙명本心本太陽昂明

인중천지일人中天地一

일종무종일一終無終一

천 지 기 운 천 지 마 음

홍 익 인 간 이 화 세 계

모든 것은 하나에서 시작하나 그 하나는 시작이 없고

하나가 나뉘어 셋이 되지만 그 다함이 없는 근본은 그대로다.

셋 중 하늘이 첫번째로 나온 하나이고, 땅이 두번째로 나온 하
나이고, 사람이 세번째로 나온 하나이다.

하나가 모여 열이 되고, 우주의 기틀이 갖추어지되 모두 셋으

로 이루어져 있으니

하늘이 둘을 얻어 셋이 되고, 땅이 둘을 얻어 셋이 되고, 사람이 둘을 얻어 셋이 된다.

크게 셋이 합하여 여섯이 되고, 여섯이 일곱과 여덟을 만들며, 아홉에서 순환한다.

셋과 넷이 어울려 고리를 만들고, 다섯이 일곱을 돌아 하나가 된다.

만물이 이처럼 오묘히 오고 가되, 모양과 쓰임은 달라도 그 근본에 있어서는 변함이 없다.

본 마음은 태양과 같아서 오직 빛을 바라니

사람 안에 하늘과 땅이 있어 셋이 일체를 이룬다.

모든 것은 하나로 끝나되 그 하나는 끝이 없다.

절 수련을 끝낸 우리는 뒤로 돌아 법복을 바로 하고 다시 뒤로 돌아 눈을 감고 반가부좌로 앉는다. 원장이 머리 꼭대기 백회와 하늘을 향해 벌리고 있는 손바닥 장심으로 기운을 보내준다. 백회로 들어온 기운이 회음까지 이어지면서 몸 중심에 빳빳한 기운의 기둥을 만든다. 손바닥에도 크고 굵은 기운 기둥이 서면서 묵직해진다.

“천지기운!”

우리는 원장의 지시대로 천지기운을 몸 안으로 불러들인다. 원래 천지기운이었던 본래의 나의 상태로 들어간다. 기운 기둥이 점점 굵고 무거워진다.

“여러분은 이 주 동안 정성수련으로 몸 안 가득 축기를 했습니다. 오늘은 그 기운으로 영혼을 불러보겠습니다. 이제는 가만히 자신의 이름을 불러보세요.”

이런 종류의 수련에 익숙지 않은 나에게는 이런 절차가 우습기도 하고 쑥스럽기도 하다.

“계속 계속 불러보세요. 소리쳐 불러보세요.”

묘한 떨림이 이는 원장의 음성이 가슴속의 혼을 일깨우는 것 같다. 원장의 기세에 눌려 마지못해 다시 불러본다. 아무런 느낌이 없다. 원장이 계속 부르라고 강요한다. 다시 불러본다. 자꾸 불러본다. 그러자 어느 순간 머릿속에서 어떤 변화가 생긴다. 무엇인가가 쫑긋거리면서 고개를 쳐드는 것 같은 느낌이다. 풍선처럼 부력이 있는 그것 때문에 내 머리는 가벼워진다. 가벼워진 머리가 조금씩 살래살래 흔들린다. 난 내 속의 나를 느낀다. 목이 꽉 메어온다. 내가 나에게 말하고 있다. 난 늘 네 곁에 있었어. 네가 힘들고 외로웠던 순간에도 나는 늘 널 지켜보았어. 이제야 알았니? 라고 내가 나에게 말하고 있다. 아아! 난 나를 무시하고 살았구나. 나를 잊고 살았구나. 내 마음속에서 탄식이 터져 나온다.

"자신을 향해 사랑한다고 용서한다고 말해보세요."

원장의 음성이 축축이 젖어 있다.

사랑해! 라고 내 자신에게 말해준다. 그러면서 용서하라고 덧붙인다. 갑자기 눈물이 터져 나온다. 터져 나온 눈물은 끊이지가 않는다. 백회와 장심을 통해 점점 강한 기운이 흘러 들어오더니 어느 순간 기운이 백회 쪽으로 밀려 올라가는 게 느껴진다. 머릿속에서 쫑긋대는 무엇인가의 움직임이 점점 커지면서 머리를 빙글 돌리기도 하고 쫑긋 세우기도 한다.

"나갈까?"

내가 혹은 내 영혼이 망설이고 있다. 그러다가 활짝 발길질을 해본다. 다음 순간 나는 어딘가로 튕겨 나가 붕 떠 있다. 허공인데도 떨어지지 않고 편안하게 떠돌고 있다. 어떤 커다란 장력이 나를 떠받치고 있어서 엄마 자궁 속에 있는 것 같은 아늑함 가운데 떠돌고 있다. 가만히 살펴보니 어떤 축을 중심으로 천천히 천천히 돌고 있는 것 같다. 내 주위의 모든 것들도 돌고 있다. 모든 것이 어떤 일체감을 갖고 일정한 속도로 돌고 있다. 어떤 거대함

속의 하나가 되어 돌고 있다. 아아! 나는 분리됐구나 하고 그 순간 난 느낀다. 육신의 나는 눈을 감은 채 반가부좌를 하고 앉아 있고, 영혼의 나는 허공을 떠돌고 있다. 나는 지상과 허공에 동시에 존재하면서 서로의 느낌을 공유하고 있다. 영혼이 보고 느끼는 걸 지상의 나는 느끼고 있다. 영혼도 지상의 나를 느끼고 있다. 마치 꿈을 꾸는 것 같은 기분이다. 우주의 질서에 따라 영혼이 돌고 있다. 지상에 있는 나의 육체도 천천히 팔을 들어 올린다. 그 팔이 날개가 되어 균형을 잡고 머리는 영혼이 도는 방향대로 빙글 돌아간다. 그러다가 다시 힘껏 발길질을 해본다. 난 이제 엄청난 속도로 솟구쳐 올라간다. 이제껏 같이 있던 별들과 헤어져 혼자 먼 곳까지 와 있다. 황금 빛줄기가 보인다. 말할 수 없이 아늑하고 따스한 빛이다. 나는 그 빛을 따라 올라간다. 따스한 기운이 온몸을 포근히 녹여주고 있다. 무엇과도 비교할 수 없는 그 포근함은 오랜 향수를 불러일으킨다. 수억 년간 누적돼 온 향수다. 감동의 눈물이 내 육신의 얼굴을 적신다. 아아! 저 황금 빛줄기 끝에 내 고향이 있구나 하고 나는 느낀다. 수만 년 수억 년을 떠나온 고향이라는 걸 느낀다. 이제 몸을 돌려 내가 떠나온 별을 바라본다. 그 별은 저 멀리 까마득하다. 그 별 주위를 빛이 흘러간다. 빛이 띠처럼 되어 엄청나게 빠른 속도로 흘러간다. 그 빛 속에 내가 있다. 상점가를 기웃거리는 나, 대학로를 활보하는 나, 친구들과 웃고 있는 나, 고통스럽게 울고 있는 나, 수많은 내가 흘러간다. 내 과거는 빛이 되어 흘러 다니고 있다. 빛으로 존재하고 있다. 아! 나는 빛이구나 하고 순간 깨닫는다.

"천천히 심호흡을 하면서 외부 의식으로 나오세요."

원장의 멘트가 나를 현실로 돌려놓는다. 우리는 동그랗게 둘러앉는다. 도우들의 얼굴이 눈물로 얼룩져 있다. 각자 나름대로 영혼하고의 만남을 이야기한다. 나의 체험은 나뿐만이 아니라 그들에게도 기이한 것이다. 그들은 나의 체험을 신기한 듯 듣는다.

"그런데 내가 느낀 건 내 몸이 정자와 난자가 순간적인 만남으로 우연히 만들어진 게 아니라는 거예요. 수백, 수천 년, 오랜 세월 동안 빚어졌다는 거예요. 왜 빛이었던 내가 육체를 갖게 된 걸까요?"

내가 원장에게 묻는다.

"영혼의 완성을 위해서지요. 우리는 육체를 통해서만 영혼의 완성을 이룰 수 있어요. 그리고 도우님이 본 그 별이 천부성이에요. 우리가 떠나온 곳 그리고 우리가 돌아갈 곳, 영혼의 완성을 이룬 사람만이 돌아갈 수 있는 별이에요."

5

타멜라는 굳게 닫혀 있다. 정오에 금희가 문을 열어놓을 거라고 타멜라가 말했었다. '뚜레쥬르'에 가서 커피를 한 잔 마시고 다시 왔는데도 여전히 닫혀 있다. 가게 앞에 서서 새삼스레 바라본다. 가게 입구는 계단을 두 개 올라가서 있다. 간판은 고개를 한참 들어 올려야 보인다. 검은 바탕에 보라색으로, 그것도 영어로 쓰여 있어서 마음먹고 찾기 전에는 눈에 뜨이지 않는다. 구조도 안으로 깊숙한 형태라 무심한 사람은 그냥 지나쳐버리기 쉽다. 가게는 감추는 여자한테서 보이는 은은한 매력이 있다. 그 가게가 이제 나의 것이 된다. 나는 이곳을 돈을 버는 장소보다는 즐거움의 장소로 만들 것이다. 그런 생각을 하고 있는데 금희가 뛰어오는 게 보인다. 눈꼬리가 옆으로 길게 찢어지고 머리 꼭대기에 묶은 긴 생머리가 나풀거려 마치 중국 무술영화에 나오는 여배우 같다.

"미안해요"라면서 재빨리 문을 열고 가게 앞에 내놓을 마네킹의 옷을 다시 갈아입히는데 솜씨가 예사롭지가 않다. 역시 미술을 전공한 사람은 어딘가 다르다. 나는 아직 분위기에 익숙하지 않아 어정쩡한 태도로 그녀의 동작을 지켜본다. 그녀가 문방구에서 금전출납부를 사와 첫 장에 9월 20일이라고 쓴다. 주인이 새로 바뀌는 날이다. 손님은 별로 없다. 나나 그녀나 과묵한 편이라 별로 말이 없다. 우리는 교대로 밥 먹으러 나가거나, 커피나 아이스크림을 사다 먹으면서 간간이 오는 손님들을 맞는다.

"실은 전에 선생님을 봤어요."

"나를?"

"두 번이나 봤어요. 전에 여기서 일했던 애랑 폴 사장님이랑 나한테 선생님 얘기를 하면서 한번 보라고 했어요. 그런데 내가 대학로에서 본 사람이더라고요. 폴 사장님이랑 대학로에 다니는 사람들 정말 옷 못 입는다고 흉봤는데, 폴 사장님이 강남에서도 보기 힘든 멋쟁이라고 하시더라고요. 그런데 나도 길거리에서 선생님을 보고 그런 생각 했거든요. 대학로에도 저런 멋쟁이가 있나 했었어요."

"그랬어? 그런데 난 점점 멋 내는 데 관심이 없어져. 그건 그렇고 금희씨가 가면 감각 있는 게이를 고용하면 어떨까?"

"좋지요."

"미술 하는 친구 중에 그런 애 없어?"

"있는데 폴 사장님 같은 애는 없어요."

금희는 내 속마음을 정확히 읽어내고 대꾸한다.

“정말 폴 사장님은 타고난 감각이 있는 것 같아. 미술을 전공하셨어?”

“아니요. 신학대학 나오셨거든요. 신부가 되려고 하셨대요.”

신부와 패션? 나는 고개를 끄덕인다. 천성적으로 아름다움에 감응하는 기질이 패션에 관심을 갖게 한 것처럼 영혼의 아름다움에도 관심을 갖게 했을 것이다.

감각 있는 게이는 고사하고 평범한 종업원을 구하기도 전에 금희는 본점으로 불려 간다. 이제 타멜라는 완전히 내 수중에 떨어진다. 난 놀이터를 가진 아이처럼 신이 나서 음악을 크게 튼다.

“You promise me. Just me and you. You promise me the moon and the sun and the bird on the sky. You promise me a wonderful life…….”

노래를 따라 부르면서 옷들을 하나씩 살펴본다. 일본, 홍콩, 중국, 터키, 유럽의 각국에서 들여온 옷들은 정말 제각각이다. 그 이질적인 것들이 모여 묘한 분위기를 풍기고 있다. 그것들을 뒤죽박죽 섞어 내 멋대로 디스플레이를 해본다. 국적도 관습도 벗어버린 국제 미인들이 된 마네킹들이 가게 앞 진열대에 나란히 서 있다. 한바탕 가게를 휘젓고 난 후에 책상 앞에 앉아 휴식을 취한다. 아침부터 날씨가 흐리더니 빗방울이 떨어지기 시작한다. 커피를 한 잔 타갖고 책상에 앉아 비 오는 거리를 내다본다. 가게 앞 감나무도, 거리도 축축이 젖고 있다. 가게에서 흘러나간 음악이 비 젖은 포도에 나직이 깔린다. 가게 앞을 걸어가던 젊은 남자애가 힐끔 가게를 바라보더니 결연한 걸음걸이로 들어선다.

"비트가 좋아서요."

"남자 옷은 없는데요?"

"알아요."

그러면서 그는 검도복 비슷한 바지를 골라 탈의실로 가서 입고 나온다. 날씬한 체형이라 바지가 잘 어울린다. 얼굴에 흡족한 미소가 떠올라 있다.

"여기에 어울리는 상의 하나 골라주세요."

난 카키색의 긴 모직 카디건을 골라준다. 여자 옷을 입은 그가 내 쪽으로 돌아선다.

"어때요? 사람들이 쳐다볼까요?"

"어차피 양쪽을 다 만족시킬 수는 없어요. 보수적인 사람들은 싫어하겠지만 분명 좋아하는 사람들도 있어요. 어느 쪽을 택할지는 본인이 결정해야지요. 어차피 양쪽을 다 만족시킬 수는 없잖아요? 하지만 내가 볼 땐 멋있네요."

"사겠어요."

그는 그 옷을 입고 가게를 나선다. 처음엔 조금 어색해하다가 곧 자신감을 회복한 당당한 걸음으로 대학로 인파 속으로 섞여 들어간다. 잠시 후 나는 아쉬운 외마디 소리를 지른다. 잡았어야 하는데, 저런 감각의 애를 종업원으로 써야 하는데. 오후에 폴에게 전화가 온다. 곧 여자애가 도착할 거라고 한다.

"한 달이면 유학 가는 애예요. 하루만이라도 좋으니까 일해보라고 했어요. 그랬더니 한 달은 가능하대요. 선생님하고 잘 어울릴 거예요. 어떠세요? 일할 만하세요? 전 옷 하러 유럽에 가요. 터키에도 갈 거예요. 무리하지 마세요. 병나면 안 되잖아요."

"네. 사장님도 병나지 않게 잘 다녀오세요."

하루를 위해 사람을 고용하려 하다니……. 나는 씩 웃으면서 전화를 끊는다. 어떤 아이일까? 잠시 후 영양결핍일 정도로 비쩍 마르고 키가 큰 여자애가 들어선다. 창백한 인형 같은 그 여자애가 커다란 눈으로 나를 말끔히 바라본다.

"폴 사장님이 가보라고 해서요."

폴 사장이 보낸 아이다. 군더더기 말을 하지 않는 나는 그녀와 계약을 체결하는 데 오 분도 걸리지 않는다. 이름은 지영. 한 달간 일을 하기로 한다. 나는 그녀에게 타멜라 옷을 입힌다. 니트

롱 원피스 위에 새미 느낌의 짧은 원피스를 겹쳐 입힌다. 깡마른 그녀는 원피스 두 개를 여유 있게 입어낸다. 옷을 입은 그녀는 서양인과 일본인의 혼혈 같기도 하고 영화를 위해 만든 사이버 인간 같기도 하다. 무언가 부족하다. 곁에 있는 펠트 소재의 챙 모자를 씌워주고 나서 나는 놀란다. 모자가 그녀 얼굴에 음영을 던져주면서 큰 눈을 강조하자 그녀에게 표정이 생긴다. 그 눈이 빛을 발하기도 하고 꺼지기도 한다. 빛을 발할 때는 살쾡이처럼 매혹적으로 변하고 꺼질 때는 영혼을 빼앗긴 마네킹처럼 보인다. 그녀는 큰 눈에 불을 켰다 껐다 하면서 가게를 오락가락 한다. 다음 날 나는 그녀에게 전날의 옷은 입지 말고 마음대로 골라 입으라고 한다. 짧은 미니 원피스를 골라 입은 그녀는 그녀 나이의 발랄한 여자로 되돌아와 있다. 난 전날 그녀에게 했던 일을 뉘우친다. 이제 나는 지영이와 같이 타멜라에 있다. 처음엔 서로 별 말이 없다. 우리는 교대로 밥을 먹으러 나가거나 아이스크림이나 커피를 사 먹으면서 간간이 오는 손님을 맞는다. 시간이 흐르면서 말하는 시간이 늘어난다.

"어떻게 타멜라에 오게 됐어?"

내가 묻는다.

"내가 타멜라 마니아였거든요. 그날 폴 사장님을 본 게 네 번

째예요. 사 년 동안 네 번 본 거예요. 말을 해본 것도 그날이 처음이에요. 일을 해보지 않겠냐고. 유학 간다니까 하루라도 좋다고. 처음에는 경희대 앞에서 타멜이라고 가게가 조그마했는데 이제는 이태원에 큰 가게도 있고, 많이 커져서 놀랐어요. 늘 볼 때마다 땀을 흘리며 일을 하셨던 느낌이에요. 무언가 열중해 있는 모습이요. 그 모습이 좋았어요.”

놀라운 건 처음 본 나를 이 가게에서 일하게 하고, 유학 가는 사람 붙들어 일하게 하고, 그리고 생판 모르던 우리를 인연 맺어준 거라고 나는 속으로 생각한다.

6

나는 타멜라와 만나면서 조금씩 변해간다. 옷장 속에 있는 비싸고 세련된 옷들이 싫어지기 시작한다. 검정, 회색, 베이지 톤의 드라이한 색감도 싫어진다. 대신 화려한 색감에 비즈나 수가 놓인, 어떻게 보면 유치하기도 한 옷들이 좋아진다. 몸을 조심하게 하는 고급 옷감보다 뒹굴어도 좋을 부담 없는 감들이 좋아진다. 그러면서 그동안 옷의 감옥에 갇혀 있었다는 걸 깨닫는다.

이제 나는 타멜라 옷을 입고 타멜라에 앉아 있다. 미적 감각이 뛰어난 사람들은 그런 내가 오히려 더 멋스럽다고 한다. 내가 좋아하는 손님들은 자기에게 어울리는 걸 잘 알고 스스로 골라 입는 손님이다. 하지만 그 손님보다 더 마음에 드는 손님은 누가 뭐라든, 어울리든 안 어울리든 상관없이 자신이 좋아하는 옷을 막무가내로 입는 사람이다. 그런 사람들은 인생도 마음대로 재단한다. 때와 장소에 따라 고지식하게 옷을 입는 사람, 어울리는 톤이나 디자인으로 튀지 않고 무난하게 옷을 입는 사람들을 보면 속이 답답해진다. 마음에 드는 옷을 손에 쥐고도 시도해볼 엄두를 내지 못하는 여자들을 보면 내가 말한다. "평생 운명에 순응하면서 수동적으로 살 거예요. 그러다가 죽는 순간에 아, 난 한 번도 살아보지 못했구나 하고 후회할 거예요. 옷을 바꾸면 운명이 바뀌어요. 운명을 바꾸고 싶으면 과감해지세요."

내가 타멜라를 만나 변해가듯 타멜라도 나를 만나면서 변하기 시작한다. 사람들은 가게 안의 인테리어나 디스플레이 방식이 변했다고 단순히 생각한다. 그윽하고 깊어졌다고 하는 사람도 있고 고급스러워졌다고 하는 사람도 있다. 타멜라도 주인을 바꾸면서 기운이 변한 것이다. 그 기운은 오던 손님을 쫓기도 하고 새로 손님들을 잡아끌기도 한다. 타멜라가 변하면서 손님들도 변한다. 손님들은 밖에 진열된 옷을 보고, 혹은 흘러나오는 음악이나 향에 취해서 들어온다. 그들은 취향 때문이라 여기며 들어선다. 하지만 그것이 인연이라는 걸 생각하지 못한다. 나는 타멜라에 머물며 그들을 기다린다. 그들을 맞는다. 가끔씩 오는 사람들이 있고, 자주 오는 사람들이 있고, 매일 오는 사람들이 있고, 하루에도 몇 번씩 오는 사람들이 있다. 그리고 옷 때문이 아니라 나를 보기 위해 오는 사람들도 있다.

그가 불현듯 찾아와서 내 앞에 앉는다.

"전화를 해도 통 받지 않고."

난 난감한 표정으로 그를 바라보고 있다. 우리의 인연이 다 했음을 나는 안다. 어쩌면 그도 알고 있는지 모른다. "오천만 원을 주겠어요"라고 내가 그에게 말했었다. 그를 전화로 불러내 만난 날이었다. 우리는 그전에 여럿이 있는 자리에서 몇 번 마주쳤을 뿐이었다. 그의 눈이 나에게 도움을 호소한다고 느꼈었다. 그 느낌이 너무나 강렬해서 뿌리치기 힘들었다.

"저는 야생마입니다. 저를 잡으려고 하지 마세요."

그는 나의 제의를 불쾌해하면서 거절했다.

"당신을 잡으려고 하는 게 아니에요. 이 돈은 나에게 생겼지만 내 돈이 아니에요. 그렇게 생각돼요. 나도 그 이유를 알 수 없지만 당신에게 갚아야 할 돈 같아요. 아니면 신이 당신에게 전해 주라고 나에게 준 돈 같아요."

나는 우겨가면서 그 돈을 그에게 주었다. 그후 그에게서 계속 전화가 왔다. 만나서 그의 얘기를 들었다. 거의 그가 얘기했고 난 들었다. 그의 얘기를 들은 지 이 년이 됐을 때 난 내 할 일을 다 했다고 느꼈다.

"장사는 잘돼요?"

"날로 좋아지고 있어요."

손님에게 옷을 입히고 있는 나를 그가 당황스럽게 지켜보고 있다. 적응하려고 애쓰고 있다. 평생 서비스 받는 데만 익숙한 여자가 이제는 서비스를 하고 있다. 그가 일어선다.

"가끔 들를게요."

"그러지 마세요."

그가 간다. 어깨를 떨구고 간다. 한 번도 '노'라고 하지 않았기에 나의 '노'가 얼마나 강력한지 그는 알 것이다. 그리고 가끔씩 오는 사람들이 있다. 단골손님들이다. 연극배우들, 디자인 쪽 일을 하는 사람들, 그냥 허전해서 옷을 사는 사람들 그리고 나와 얘기하러 오는 사람들…….

"도우님하고 저하고는 전생에 인연이 있어요. 도우님이 센터에 나오기 시작한 두번째 날 알았어요."

같은 센터에 다니는 도우가 주저하면서 입을 연다.

"어떤 인연이요?"

그는 끝까지 입을 열지 않는다. 며칠 후 그가 다시 왔을 때 묻는다.

"도우님은 전생에 공주였어요. 저는 공주님을 지키는 무사고요. 우리는 같이 도주했어요. 하지만 맺어지지는 못했어요."

"어느 나라 공주였어요? 타멜 아니었어요?"

아주 오래 전에 타멜에도 왕국이 있었을 것이다.

"그건 잘 모르겠어요."

타멜에 오는 사람들은 나와 인연이 있는 사람들이다. 현생에서가 아니면 전생에서라도. 나는 타멜에서 그들을 모두 만날 것이다. 만나서 이 시간의 장에서 지은 업을 깨끗이 씻고 천화할 것이다. 천부성으로. 천부성을 향했을 때의 그 따스한 느낌을 나는 잊지 못한다. 천부성에 대한 그리움은 내 속에서 점점 커져간다. 나는 이번 생에서 이 오랜 여행을 마칠 것이다. 그러기 위해서는 전생의 업까지 씻어야 한다. 타멜라에서 나는 그들을 기다릴 것이다.

거의 매일 타멜라에 오는 사람들이 있다. 타멜라와 폴이 그렇다. 가게 문 앞에 나가 서 있으면 저 멀리 걸어오는 타멜라가 보인다. 그 곁에 아홉 살짜리 아들 노아도 있다. 노아도 엄마 피부처럼 밀빛이고 머리를 노랗게 염색했다. 엄마는 검은 옷자락을, 노아는 허름한 코트 자락을 펄럭이면서 걸어온다. 멀리서 그들이 걸어오는 걸 보면 엄마사자와 아기사자 두 마리가 걸어오는 것 같다.

"학교 안 갔어?"

나는 노아가 너무 귀여워 꼭 안으며 묻는다. 손님들에게 그는 인기 짱이다. 팬들이 있어서 가끔씩 사인도 해준다.

"나 학교 안 가요. 엄마가 거지처럼 키운대요."

타멜라는 노아를 외국에서 낳았다. 아버지는 동양계 외국인인 것 같다. 어쩌면 노아는 신분을 숨기고 살아야 하는 왕족의 자손인지도 모른다고 나는 멋대로 상상한다. 타멜라는 가게에 와서 어떤 옷이 잘 나가고 필요한 것이 무언가 살핀다. 다음에 해올 옷을 선정하는 데 참고로 하기 위해서다.

"오랫동안 옷을 했는데도 판단하는 게 어려워요. 타멜라 매장이 여러 곳에 있는데 각 매장마다 손님들이 선호하는 옷이 달라요. 대학로는 비싼 옷이 안 되는 곳인데 여긴 비싼 옷들이 나가네요. 하지만 타멜라를 싼 값에 좋은 물건을 살 수 있는 곳으로 알리고 싶어요."

말을 하던 그녀가 천장에 매달아놓은 장신구에 눈길을 빼앗긴다.

"내 취향이네요."

동화 속의 얼음궁전에서 가져온 듯 투명한 유리공들로 만들어진 장신구를 그녀는 물끄러미 바라본다.

폴이 들어선다. 첫눈에 가게를 다 본다. 조금씩 디스플레이를 바꾼다. 줄무늬 스타킹이 멋진 머플러로 돌변하고 핸드백이 모자로 바뀐다. 청바지가 하늘에 매달리고 소품들의 위치가 바뀐다. 조금 손본 것뿐인데 가게는 화들짝 깨어난다.

"시간이 돼서 그만 가봐야 해요. 성당에 못 갔거든요."

그러면서도 그는 구석에 놓인 마네킹을 넋 놓고 바라보고 있다. 그 마네킹은 색색의 구슬이 수놓인 검정 드레스에 인디안 핑크색 숄을 두르고 있다. 그날 아침 재고를 조사하다가 빈티지 느낌의 그 원피스를 보고 이상한 감회에 젖어 디스플레이한 옷이다.

"예쁘네요."

한마디 남기고 그는 가게를 떠난다. 그들이 떠난 후 나는 천장의 장신구와 마네킹의 옷을 바라본다. 취향이나 예쁘다는 말로 설명이 되지 않는 그 무엇이 그것들에 있다. 어떤 기억 같은 것이다. 나는 그걸 느낀다. 하지만 그들은 알지 못한다. 그리고 하루에도 여러 번 오는 사람이 있다. 단 센터 원장이다. 미팅에 오가면서, 홍보하러 들락거리면서, 혹은 센터에서 맛있는 걸 만들면 싸 들고 타멜라에 온다.

"많이 파셨어요?"

환하게 웃는 얼굴로 그가 들어서면 지영이가 손뼉을 치면서 좋아한다. 지영이는 원장님이 꾸밈이 없이 마냥 편해서 좋다고 한다. 어쩌다 한가하면 잠깐 앉았다 가는 날도 있다. 그럴 때 맞은 편에 있는 옷가게에서 서성이는 도우라도 보면 쫓아 나가서 우리 가게 쪽으로 손짓을 해댄다. 타멜라에는 내가 오기 전부터 있던 가죽점퍼가 있다. 별 모양의 징이 박히고 가죽 술이 너덜너덜 달린 카우보이 점퍼는 남자용인데 왜 그 가게에 있는지 알 수 없다. 난 그 점퍼를 원장에게 입혀본다. 우스울 거라고 짐작했던 그 점퍼는 도리어 원장을 서부영화의 록 허드슨이나 캐리 그란트처럼 폼 나게 만든다. 나와 지영이는 감탄사를 연발한다. 흡족한 얼굴로 거울을 보던 원장이 갑자기 팔딱팔딱 띈다. 록 허드슨과 캐리 그란트가 갑자기 사라진다.

"어젯밤에 난 네가 미워졌어. 어젯밤에 난 네가 싫어졌어. 빙글빙글 돌아가는 불빛들을 바라보며 나 혼자 가슴아팠어. 내 친구들이……."

소방차의 춤을 재현하며 원장이 노래를 부른다. 팔딱팔딱 뛰면서 가게를 가로지른다. 나와 지영이가 배꼽을 쥐고 웃는다. 눈물을 흘린다. 점퍼가 너무 잘 어울려서 선물로 주고 싶다고 하자 원장은 입고 갈 곳이 없다면서 사양한다. 타멜라를 자주 드나드는 사람들은 한 번쯤은 서로들 스쳐 간다. 원장과 폴이 마주치고, 폴과 강 사장이 만나고, 타멜라와 원장이 만나고, 강 사장과 원장이 마주치고, 타멜라와 강 사장이 만난다. 그들은 때론 인사만 하기도 하고 때론 간단한 말을 주고받는다. 그들은 그렇게 먼 인연으로 부딪쳤다가 별 생각 없이 멀어져간다. 하지만 그들은 그런 만남이 우리의 육체가 만들어진 기간만큼이나 오랫동안 준비돼온 것이라는 걸 모를 것이다. 결코 모를 것이다.

7

"미국에서는 지나가던 사람이 갑자기 총을 맞고 그래요."

아침부터 우울해 보이던 지영이가 뜬금없이 말한다. 그녀의 커다란 눈에 초점이 없다. 불이 꺼진 것 같다. 그제야 나는 그녀가 눈에 불을 켜기 위해 깡마른 몸에서 에너지를 쥐어짰다는 걸 깨닫는다.

"안 그래. 내가 오랫동안 미국에 살았었는데 도심에서나 그렇지 비교적 안전해. 지금은 할렘가도 밤엔 막 걸어 다니곤 해."

"제가요. 전화를 하고 있었는데요. 미국에 있는 친구하고요. 총을 맞은 거예요. 전화를 하고 있는데 총을 맞은 거예요. 생중계하는 것처럼 나는 그 소리를 듣고 있었어요."

그녀의 안색이 파랗다.

"무슨 일이 있었어?"

이제 그녀의 큰 눈에 눈물이 핑 돈다.

"아침에 그 친구 전화를 받았어요. 수술을 받아야 해요. 다리가 아작이 나서 쇠를 박았는데 몸에서 쇠를 밀어내는 거예요. 그래서 더 큰 쇠를 박아야 해요. 나보고 빨리 오라고요. 그 친구 때문에 난 미국에 가야 해요. 왜냐하면 사랑하니까요. 내 목숨보다 더 사랑하니까요."

그녀의 눈에서 눈물이 방울지어 떨어진다.

"저를 이 세상에 끌어낸 사람이에요. 그전에는 문을 닫고 살았어요. 사람들이 무서웠어요. 특히 어른들이요. 무슨 생각을 하는지 통 알 수가 없어요. 선생님 내가 어떤 말을 해도 날 이상하게 보지 않으실 거지요? 선생님은 그런 분이 아니시지요?"

그동안 무심했던 우리 사이에 막 화학반응이 일어나려 하고 있다. 내 대답에 따라 난 그녀의 인생에 개입하게 된다. 몇 초간 망설인 후 내가 대답한다.

"응."

"그러실 거라고 생각했어요. 처음 봤을 때부터 선생님은 내 사람이라고 느꼈어요."

그녀는 숨도 고를 사이 없이 얘기를 시작한다. 폭발하듯 말이 목구멍 속에서 쏟아져 나온다. 감정에 겨워 몸과 턱을 덜덜 떨면서 얘기하고 있다.

"네 살 때 부모님이 이혼하시고 새엄마를 네 명이나 맞았어요. 시골 친척집에서 살 때 제가 깨졌어요. 부모님의 과도한 사랑을 받아 오만했었는데 낯선 곳에서 살아남기 위해 장난감도 친척애들에게 주면서 그렇게 깨져갔어요. 네번째 만난 새엄마는 나하고 나이 차이도 별로 나지 않았는데 정신병자 같았어요. 지금은 이해해요. 대학생 때 아버지뻘의 남자 만나 집에서 뛰쳐나왔는데 커다란 딸이 둘이나 있고 남편이란 사람은 생활능력도 없었으니 그 어린 여자가 오죽했겠어요. 하지만 당시 나는 너무 힘들었어요. 죽고 싶었지만 동생 때문에 살았어요. 어릴 때 엄마들이 애들을 업고 있는 걸 보면 나도 지기 싫어서 동생을 업었어요. 그러다가 넘어져 무릎이 깨져 피가 났어요. 그애가 초코파이 먹고 싶다고 하면 그걸 사주기 위해 아르바이트를 했어요. 그래서 동생 과자도 사주고 용돈도 줬어요. 고등학생 때는 학교에서 내 형편 잘 알아서 점심시간에도 나가서 일하게 했어요. 근처의 책가게에서 일했어요. 아버지가 미국 이민 가기로 했을 때 난 따라가지 않겠다고 했어요. 더 이상 이용당하기 싫었어요. 동생은 대학교 보내주겠다는 말에 넘어가 따라갔어요. 동생이 가버리자 난 배반당한 것 같았고 살 의욕을 잃었어요. 작년에는 너무 힘들어서 죽으려고 했어요. 면도칼까지 준비했는데 전화가 왔어요. 동생한테서. 그애를 만나야 한다는 생각 때문에 자살을 포기했어요. 금년에는 상태가 아주 좋아요. 선생님 만나서 정말 좋았어요. 처음 봤을 때부터 그냥 좋았어요. 그 사람이 날 세상 밖으로 나오게 했어요. 난 사람을 믿지 않거든요. 사람들은 내 겉모습이 나라고 생각하니까요. 그 사람하고는 인터넷으로 오랫동안 알아왔어요. 그러다가 만나자고 했어요. 만나기로 한 장소에서 그를 보고 그냥 왔어요. 나중에 만났을 때 스쳐 가는 날 봤대요. 그러면서 저 여자였으면 좋겠다고 생각했대요. 선생님 그 사람은 아무 조건 없이 절 사랑했어요. 정말 사랑하고 있어요. 저에게도 생명보다 귀중한 사람이에요. 그 사람이 아파요. 난 가야 해요."

이제 타멜라를 떠나는 사람이 생긴다. 지영이 떠나는 날 우리는 꼭 포옹한다.

"선생님은 내 거지요?"

난 고개를 끄덕인다.

"선생님 필요하면 부르세요. 달려올게요."

울먹이며 그녀가 떠난다. 그녀가 떠난 날 밤 자다가 깬다. 그녀를 맨송맨송한 얼굴로 떠나보낸 내가 비로소 목 놓아 운다. 갑자기 밀어닥친 슬픔은 현재의 슬픔과 그보다 천 배는 더 깊은, 근원을 알 수 없는 것이다. 세계 곳곳의 도시들과 마을들에 뿌리고온 슬픔이 갑자기 공명을 일으키며 살아나고 있다. 내 DNA 속에서 반응을 일으키고 있다. 이유를 알 수 없어 더 서러운 슬픔이 덩어리져 울컥울컥 밀려나와 짐승의 소리를 낸다. 깊은 산중에서 홀로 상처 입고 고통스러워하는 짐승의 소리를 닮아 있다. 내 안에 그런 소리가 있었는지 나도 몰랐다. 나는 숨쉬기가 고통스러워 가슴을 쥐어뜯는다. 다음 생에 다시 태어나서 같은 일을 당하는 걸 정말 피하고 싶다. 이번 생에서 생을 마감할 수 있는 방법이 있다면 무엇이든 하리라.

떠나는 사람이 있고 오는 사람이 있다. 내 딸 소현이가 온다. 내년에 대학원 진학을 할 그녀가 겨울 동안 엄마를 돕겠다고 온다.

"난 좀 비싸."

그녀는 내가 주는 월급으론 안 되겠다고 한다.

"최소한 미국에서는 삼천 불은 벌 수 있어. 내가 여기 있어도 미국의 방 값은 물어야 하잖아. 방 값이 천 불이고 그 외 차 보험료 등 페이먼트가 오백 불이니까 최소한 천오백 불은 줘야 해."

공항에서 타멜라로 곧장 온 그녀와 나는 간단한 포옹 후에 임금부터 협상한다. 가게 밖에는 공항에서부터 그녀를 싣고 온 아빠가 차 안에 앉아 있다.

"알았어. 천오백 불."

난 딸과 담담히 얘기하면서 유리를 통해 그를 바라본다. 딸의 아빠 앞에서 내 마음은 담담하지가 않다. 내 눈에 보이는 건 그만이 아니다. 그와 함께 따라온 과거의 유령들에 맞서려면 난 좀 거칠어져야 한다. 피곤해하는 소현이 때문에 난 일찍 가게를 닫는다. 딸의 아빠가 우리를 집에 데려다 준다.

"일찍 가야지."

난 그와 유령들을 빨리 쫓아내고 싶다.

"아빠는 어디 살아?"

그가 떠난 후 소현이가 묻는다. 그녀는 아빠 근무처 때문에 우리가 따로 사는 줄 안다. 미국과 한국에서 따로 살기에 가능한 거짓말이다. 조금 깊이 생각해보면 이상한 점이 한둘이 아닌데도 그녀는 우리가 한 말을 그냥 믿는다.

"여기서 두 시간쯤 달려야 해. 그러니까 빨리 가야지."

딸애는 오랜 비행에 피곤해서 금방 잠이 든다. 나는 갑자기 내 앞에 뚝 떨어진 딸애가 신기하고 실감나지 않는다. 내 살을 찢고 나은 자식이라는 가장 구체적인 현실이 비현실적으로 느껴져 적응하느라 힘들어한다. 그러면서 아직도 나에게 장애가 있다는 걸 새삼 깨닫는다.

8

성북동에 있는 그 레스토랑은 올 사람만 오라는 듯 한적한 삼거리에 무심히 자리잡고 있다. 굳이 호객행위를 하지 않으려는 듯한 외양은 꾸민 데가 없다. '소스 187' '피오나'라고 쓰인 간판도 자세히 봐야 식당이라는 걸 알 정도다. 그러나 나무 층계를 오를 때 양쪽으로 진열돼 있는, 야생의 기운을 품어내고 있는 꽃나무들을 보면 비로소 약간의 기대감을 갖게 되고 안으로 들어서면 감탄하게 된다. 널찍하고 시원한 구조라던가 모던하고 품격 있는 인테리어에서 풍기는 미적 안목이 예사롭지 않기 때문이다. 안에도 곳곳에 꽃나무들이 있다. 입구 쪽에 있는 커다란 작업 테이블에서 주인은 꽃꽂이를 한다. 꽃꽂이를 배운 적도 없지만 그녀가 꽂은 꽃들은 살아 있다. 야성적이고 예술적이다. 레스토랑처럼 주인도 무심하다. 오려면 오라는 듯 도도하다. 주인이 나를 보고 반긴다. 타멜라에는 그녀의 꽃이 있다. 꽃들이 다 말랐는데도 그냥 놔두고 있다. 색깔이 다 바랜 찔릴 듯 거친 야생화 줄기와 빨간색을 선명하게 그대로 갖고 있는 맨드라미의 조화가 멋있기 때문이다.

"이 식당은 음식도 맛이 있지만 기운이 좋아요. 어떤 정신이 느껴지거든요."

나와 소현이와 강 사장은 장작을 그득 쌓아놓은 벽난로 옆자리를 택한다. 강 사장이 딸이 왔다고 접대하는 자리다. 서로 편한 날짜를 잡다 보니 이 주가 지나서야 자리를 같이하게 됐다.

"우리는 식당에서 음식을 먹는다고 생각하지만 실은 그 식당 주인의 정신을 먹는 거예요. 그러니까 주인이 어떤 사람인지 잘 아는 게 중요해요. 내가 태진 씨 집에 비싼 렌트비를 내면서 사는 것은 집과 함께 그 집에 있는 태진 씨의 정신을 렌트했기 때문이에요. 타멜라도 손댄 곳이 없는데도 사람들이 무언가 많이 달라졌다고 해요. 난 손님들에게 옷을 팔면서 내 정신도 같이 판다고 생각해요."

"엄마는 정신주의자로 변했어요."

"아니에요. 카이스트에서 엄마 처음 봤을 때부터 그런 소질이 있다고 느꼈어요."

강 사장은 자신을 고백하게 만드는 어떤 것이 나의 소질이라고 생각한다. 나는 생각이 다르다. 하지만 난 이야기하지 않는다. 그는 이성으로 설명되지 않는 걸 믿는 타입이 아니니까.

"카이스트에서 만났던 때 우리는 이십대였어요. 그러니까 네 나이쯤에 만난 거야."

난 딸을 보면서 새삼스러운 듯 말한다.

"그때는 내가 참 성숙했다고 생각했는데……."

지금 나는 막 문을 열고 있는 거대한 진실 앞에 서 있는 난쟁이처럼 느껴진다. 세상이 불가사의하다고 느끼고 있다. 내 딸도 과거의 나처럼 지금 자신이 성숙하다고 생각할 것이다. 자신이 어른이라고. 모든 걸 다 판단할 수 있다고.

"소현 씬 대학원에서 무슨 전공을 할 계획이에요?"

"MBA나 도시계획 쪽이요. 부동산개발회사에서 이 년 일했었거든요. 페이도 좋았는데 나하고 같이 입사한 사람들 중에 더 이상 이 일을 하는 사람이 없어요. 재미없다고 딴 일을 해요. 주위에 아는 애들 다 그래요. 변호사 시험에 붙어 로펌 다니다가도 그만두고 딴 일해요. 재미없다고요. 그리고 엉뚱한 일들을 해요. 그리고 또 바꾸고, 평균 이십 번 이상 직장을 바꾼대요. 그게 유행이에요. 이젠 돈 때문에 일들을 하지 않고 재미 때문에 해요. 죽어라고 일만 했던 부모님 사는 거 보고 그렇게 살고 싶어하지 않아요. 돈은 많이 벌지 않아도 된다고 생각해요.”

“소현 씬 어떻게 살고 싶은데요?”

“난 그애들하고는 생각이 좀 달라요. 돈은 좀 필요하다고 생각해요. 엄마는 어떻게 생각해?”

“응? 난 이것도 저것도 다 맞는다고 생각해.”

강 사장과 소현인 이런저런 얘기를 나눈다. 그들 얘기를 듣다 보면 난 별로 답이 없는 사람이라는 생각이 든다.

“참 영기통 수련은 잘 받으셨어요?”

강 사장이 묻는다.

“아, 그거요?”

난 뛰어나게 명석한 사람들 앞에서는 어울리지 않는 내용이라는 걸 알면서도 이야기하고 만다.

"육체이탈 현상이 마약을 하는 사람 중에도 나타나요. 뇌의 어느 부분을 자극하면 그런 현상을 경험한다고 해요. 그들 중 많은 사람들이 선생님 같은 말을 해요. 그들은 그 황홀경을 잊지 못해 계속 마약을 하게 된대요."

강 사장은 나의 신성한 경험을 과학적으로 풀이하기 시작한다. 그 앞에서는 난 미신적인 사람으로 느껴진다.

"내 친구 중에 그런 명상 프로그램 다니다가 완전히 변한 애가 있어. 이제 고기도 안 먹고 라이프스타일이 완전히 달라졌어. 미국에도 그런 애들이 점점 많아지고 있어."

"그런 애들 보면 어때?"

"좋은 것 같아."

세상에는 현실 외의 세상을 보는 사람이 있고, 인정하지 않는 사람이 있고, 경험해보지 않았기에 가타부타하지 않는 사람이 있는데 그 세 가지 유형이 한 자리에 있는 셈이다.

단 센터 원장도 딸이 왔다고 저녁을 산다고 한다. 그의 동생 지연이가 소현이와 동갑이라면서 친구처럼 지내게 한다고 데리고 온다. 타멜라 맞은편의 고기 집으로 간다. 노천 테이블에 둘러앉아 고기를 구워 먹으니 피크닉 온 기분이다. 금년에 LG에 입사했다는 지영은 말을 무척 재미있게 한다. 오늘 그녀의 관심사는 연애와 결혼이다.

"집에서는 오빠 결혼을 시키고 싶어해서 아버지 특명으로 예쁜 친구를 센터에 데려가기도 했는데 오빠가 거들떠보지도 않아요."

"지금 일도 바쁜데 결혼할 여력이 어디 있어? 또 결혼이란 제도가 생산적이지도 않고."

"우리 오빠가 뭐가 부족해요? 잘생겼죠. 똑똑하죠. 삼성전자에 입사까지 했는데 지도자가 된다고 포기했어요. 부모님이 무척 실망했지만 이제는 인정하고 받아들여요. 그렇게 되기까지 오 년이 걸렸어요. 하지만 결혼만큼은 포기하지 못하실 거예요. 소현 씬 결혼하고 싶은 생각은 없어요?"

"결혼은 모르겠는데요. 애기가 있었으면 해요. 딸이요."

난 딸이 아기를 갖고 싶어한다는 사실에 충격을 받는다.

"엄마는 나 결혼했으면 좋겠어?"

"응? 실은 나 생각해보지 않았어."

그러고 보니 딸은 벌써 스물일곱이다. 난 정말 생각이 없는 엄마다. 아니 사실은 결혼에 대해서는 생각을 해봤으나 결혼을 권하는 것에 자신이 없다는 표현이 옳다. 결혼이란 어떤 사람하고 사랑에 빠져 그 사람 아니면 죽을 것 같을 때, 양자가 결혼이란 수단을 원할 때 해야 옳은 것 같다. 그래야 그후에 일어나는 일들을 감수할 테니까. 그러니 결혼이란 할까 말까의 선택이 아니라 사고처럼 당하는 것이다. 사고를 당하라고 할 수는 없는 일 아닌가?

소현이와 지영이는 한국어와 영어를 번갈아 쓰며 얘기를 한다. 둘이 죽이 잘 맞는다.

"영혼의 완성은 어떻게 이룰 수 있어요?"

내가 원장에게 묻는다.

"개인을 위해 살면서는 이룰 수 없어요. 나와 민족과 인류를 위해 사는 사람이 이룰 수 있어요. 우리 조상들의 사상 중에 '홍익인간 이화세계'라는 게 있잖아요. 그 말에 다 포함돼 있어요. 도우님은 먼저 개인의 힘을 키우시고 그후에 민족과 인류를 위한 삶을 사시면 돼요."

"원장님이 매일 단 월드 전단을 돌리는 것도 인류를 위한 건가요?"

나의 농담에 그가 진지하게 대답한다.

"그럼요. 개인의 힘으로 혼자 인류를 위하는 방법도 있지만 여럿이 힘을 합하면 훨씬 더 효율적으로 할 수 있어요. 츠시마 섬의 원숭이라는 말 들어보셨어요? 그 섬은 외계와 차단된 섬인

데 언제부턴가 원숭이들이 불을 사용하게 되었대요. 그런데 세
계적으로도 모든 섬에서 그 시기에 불을 사용하기 시작했대요.
츠시마 섬에서 전파됐을 가능성은 전혀 없어요. 이건 임계질량
의 법칙이라고 해서 어떤 기운이 임계에 다다르면 전체적으로
변화를 일으킨다는 이론이에요. 백만 명의 사람이 같은 생각을
가지면 인류의 생각을 바꿀 수 있어요. 백만이 임계수치예요. 그
걸 위해서 일하고 있는 거지요."

　"백만 명으로 할 일이 무엇인데요?"

　"행복을 창조하는 거지요. 우리가 하는 일이 HSP 운동이에
요. Health, Smile, Peace의 약자예요. 건강하고, 잘 웃고, 평화로
울 때 무슨 문제가 있겠어요."

　"백만 명이 건강하고, 잘 웃고, 평화로우면 세상이 바뀐다는
건가요?"

　"백만 명이 움직여야죠. 우리의 뇌 속에는 건강, 행복, 평화의
원시 정보가 존재하고 있어요. 후천적으로 생겨나는 기억정보나
체험정보와 달리 그 이전에 자리잡고 있는 정보예요. 백만 명이
힐러healler가 되어 사람들을 치료해서 그 속에 있는 원시정보를
끄집어내는 거예요. 그래서 우리가 힐링 패밀리healling family 운
동을 하고 있잖아요. 힐링에는 몸을 힐링하는 것, 마음을 힐링하

는 것, 인류를 힐링하는 것이 있어요. 우리에게 힐러를 교육하는 프로그램이 있어요. 도우님도 꼭 그 프로그램에 참여하세요."

"원장님은 이상주의자이신 것 같아요."

"그럼 도우님은 회의주의자인가요?"

"아, 원래 타고난 성향이 그런데 그게 나와 인류에 아무런 도움이 되지 않는다는 것 정도는 알아요."

"타고난 거라고 체념하지 마세요. 뇌 속의 정보를 바꾸면 돼요. 도우님이 느끼고 있는 감정 너머에 새로운 감정이 기다리고 있어요. 넘기만 하면 운명이 바뀌어요. 뇌는 입력하는 대로 출력해요. HSP 현상을 입력하면 그대로 출력해요. 그래서 HSP를 선택하는 순간 뇌의 상태가 바뀝니다. 세상에서 성공하는 사람들은 그 선택을 한 사람들이에요. 제가 특별한 수련에 도우님을 초대할게요. 각 센터에 한 명씩밖에 티오가 없는 아주 귀한 프로그램이에요. 갔다 오면 달라진 자신을 느낄 수 있을 겁니다."

다음 날 센터에서 프로그램에 참가하는 신청서를 작성하고 있는데 원장이 말한다.

"참 소현이가 엄마가 이혼했다는 걸 알고 있던데요? 지연이한테 그렇게 말했다던데요?"

타멜라로 오니 소현이가 아빠한테 전화가 왔었다고 한다.

"조금 있으면 도착할 거야. 엄마랑 셋이서 같이 점심 먹재."

낮빛 하나 변하지 않고 자연스럽게 소현이가 말한다. 난 십오
년을 속여왔는데 저애는 얼마나 오래 속였을까? 독하다는 생각
이 들면서도 딸애한테 오히려 배려를 받아오고 있었다는 사실에
부끄러워진다.

"그래? 엄만 가게 때문에 못 나가니까 너랑 아빠랑 둘만 나갈
래?"

"모처럼 셋이 만나는데 잠깐 문 닫고 나가면 안 돼?"

소현 아빠 차가 가게 밖에 도착한다. 소현이 앞자리에 앉고 내
가 뒷자리에 앉는다.

"아구 아구 우리 예쁜 딸. 어디 보자 얼굴이 말랐네. 여보, 애
일 많이 시키는 거 아냐? 얼굴이 안됐잖아. 사람 좀 쓰지 그래."

딸이라면 사족을 못쓰는 그가 얼굴 가득 미소를 담은 얼굴로
좋아 죽는다. 늘 애들 앞에서는 연극을 해왔지만 오늘은 장단 맞
출 기분이 아니다.

"내가 주는 인건비에 비해 노동량이 턱없이 부족해."

"니 엄마가 장사하더니 정말 무서워졌다. 그치? 진작 좀 그래
보지."

"정말. 엄마 무서워졌어."

부녀는 죽이 잘 맞는다. 사태를 파악 못하는 아빠는 철부지 같고 오히려 딸이 보호자 같다. 소현이 한식이 먹고 싶다고 해서 큰 기와집에 가서 정식을 시켜 먹는다.

"엄마가 밥 몇 번 해줬니?"

"한 번."

"뭐 해줬는데?"

"김치찌개."

"야! 그래도 한 번이나 해줬구나. 미국에서도 우리 사 먹은 기억밖에 없지?"

"맞아."

부녀는 여전히 죽이 잘 맞는다. 소현이가 화장실에 간 사이 내가 사정을 말한다. 그가 몹시 곤혹스러워한다.

"어쩌다 그렇게 됐어?"

"어쩌겠어, 이왕 이렇게 된 거. 차차 자기 와이프한테도 소개시켜줘. 소현이가 사려가 깊어서 잘할 거야. 애가 없는 사람이니까 소현이가 위안이 될 수도 있지."

"무슨 소릴 하는 거야."

그가 몹시 쑥스러워한다. 밤에 가게 문을 닫고 소현이와 같이 집으로 가는 길에 오뎅집에 들른다. 오뎅을 안주로 따끈한 정종을 한 잔씩 시켜 마신다.

"너 나 이혼한 거 알고 있었다면서?"

"엄마 이혼했어?"

소현이 깜짝 놀란다. 난 몹시 당황한다.

"지연이에게 이혼했다고 했다면서?"

"세퍼레이트했다고 했지 디보스했다고 하지 않았어."

"그래?"

이제는 그녀가 몰랐다는 사실 또한 놀랍다. 조금만 신경을 써
도 이상한 점이 한둘이 아닌데도 그녀는 우리의 말을 곧이곧대
로 믿었던 것이다. 그런 미욱한 점이 든든하기도 하다. 아무튼
알았어도 몰랐어도 나한테는 다 놀랍다. 나는 진실을 말하는 편
을 택한다.

"실은 우리 이혼했어."

"언제?"

"십오 년 전에"

소현이 쇼크를 먹은 얼굴이다.

"놀랐어? 넌 이해할 줄 알았는데?"

"십오 년이나 속여왔다는 게 놀라워. 내가 살아오면서 행복하
게 생각하는 게 세 개가 있는데 그 중 하나가 엄마 아빠가 같이

있다는 거였어. 내 주위에 부모가 이혼한 애들 너무 많고, 그애들 외로워하는 거 보면서 난 행복하구나 생각했어. 누가 이혼하자고 한 거야?"

"엄마가 그랬지."

"엄마가 왜?"

"결혼이 나한테는 안 맞아. 이번 생에서는 결혼하지 말고 준비했어야 했는데 그걸 몰랐어."

"무슨 준비?"

"그동안 뿌린 걸 거둬들이고, 정리하고, 해결해야 하는데 또 벌려놨어. 엉망이 되었지."

"뿌려놓은 것 중에 내가 있지?"

똑똑한 소현이 금방 감 잡는다.

"아이구 내 딸!"

난 그녀의 볼을 어루만진다. 부끄럽고 미안하고 안돼서 눈물이 나오려는 걸 꾹 참는다.

9

홀에는 사람들이 그득 차 있다. 나처럼 각각 속한 센터에서 추천을 받아 온 도우들이다. 저마다 나름대로의 기대를 안고 이곳에 모여 있다. 여기까지 오게 된 사연이 다 다를지라도 나처럼 좀 더 나은 삶에 대한 열망을 안고 온 것임은 틀림없다. 사 개월 전의 나는 이런 곳에 와 있게 될 줄 꿈에서라도 생각지 못했다. 이런 것에 관심을 갖는 사람들은 나하고는 본질적으로 다른 사람들이라고 생각했었다. 그들도 어쩜 그럴지도 모른다. 삶이란 건 보고 들은 것이 전부이고 그저 남들처럼 살다가 남들처럼 죽어갈 것이라고 생각했을 것이다. 홀에는 테이블이 이십여 개 있고 각각 여덟 명 정도가 앉아 있으니 백오십 명쯤 모여 있는 셈이다. 내 옆에는 부산에서 왔다는 오십대 아주머니가 앉아 있다. 억세 보이는 얼굴에서 험하게 살아온 인생이 보이는 것 같다. 시간이 되자 마스터 트레이너가 연단에 선다.

"안녕하세요? 이 프로그램은 아주 특별한 프로그램입니다. 그러니까 여기에 모인 여러분들은 축복받은 사람들입니다. 여러분들은 이제부터 특별한 여행을 떠날 것입니다. 바로 여러분들의 뇌 속으로의 여행이지요. 여러분들은 뇌가 뭐라고 생각하지요?"

그가 우리를 쭉 훑어보더니 스태프에게 신호를 보낸다. 그러자 그의 뒤에 있는 커다란 스크린에 문자가 뜬다.

뇌＝신

"뇌는 전부입니다. 전능하다는 면에서 신과 같지요. 뇌를 아는 것, 다시 말해 신을 알고 신을 이용하는 사람들이 승자이지요. 여러분들은 앞으로 뇌에 대해 공부할 겁니다. 그리고 놀랍게 변한 자신과 만날 것입니다. 매우 귀중한 수련이니 매순간 최선을 다해주시기 바랍니다."

각각의 테이블에 개별의 트레이너가 와서 앉는다. 우리 테이블의 트레이너는 뚝심이 느껴지는 건장한 남자다. 그는 부산 모 지역의 센터 원장이라고 자신을 소개한다.

"오늘 여러분들은 여러 가지 방법을 동원해서 자신에 대한 성찰을 할 겁니다. 자신 안으로 깊숙이 들어가는 여행이지요. 때로 이 과정이 여러분들을 지루하게도 하고 힘들게도 할 겁니다. 하지만 이런 과정을 통해야 다음 과정에 들어갈 수 있으니 인내심을 갖고 해주시기 바랍니다."

내가 좋아하는 것, 내가 싫어하는 것, 내가 생각하는 나, 남이 생각하는 나, 되고 싶은 나의 모습, 좋은 기억들, 나쁜 기억들, 나를 특징짓는 것, 이런 저런 상황에 반응하는 나의 모습들, 나의 가족들, 친구들, 나의 일, 나의 과거, 나의 현재, 나의 미래……. 나에 대한 많은 질문들이 끝없이 이어진다.

"나를 규정짓는 게 뭐라고 생각합니까?"

"오감으로 느낄 수 있는 것."

"교통사고가 나서 다리를 잘라냈어요. 다리가 있던 자리에 계속 통증이 느껴져요. 그러면 다리가 있는 겁니까 없는 겁니까?"

"없는 거지요."

"또 교통사고를 예로 듭니다. 아들이 교통사고를 당해 팔다리가 망가졌는데 머리는 멀쩡해요. 반면 남편은 팔다리는 괜찮은데 심하게 치매에 걸려서 뇌를 못쓰게 됐어요. 이때 아들의 뇌를 남편에게 이식하면 이 사람은 아들일까요 남편일까요?"

"아들이지요."

"그러면 나를 규정짓는 게 뭐지요?"

"기억의 연속성?"

"뇌 속의 정보지요? 그러면 뇌 속의 정보는 신뢰할 만한 것일까요? 여러분들은 오늘 하루 동안 자신을 돌아보면서 뇌 속의 정보들이 얼마나 우연히, 혹은 왜곡된 채로 기록돼왔는지 보았습니다. 여러분이 만들었거나 타의로 입력된 거짓된 상을 진실이라고 믿어온 것도 알았습니다. 내일은 그 상들을 지워낼 겁니다.

이제 밤이 늦었으니 푹 주무시고 내일 밝은 얼굴로 만납시다."

다음 날 아침은 웃음수련으로 시작된다. 사십오 분 동안 웃는 것은 여간 고통스러운 일이 아니다. 마스터 트레이너는 웃음수련이 뇌를 유연화시키는 데 탁월한 효과가 있다고 한다. 뇌가 원하는 것을 하는 것보다 원하지 않는 것을 하는 것도 뇌를 통제하는 방법 중의 하나라고 한다. 처음에는 어색하게 웃는다. 웃다 보면 다른 사람들이 웃는 게 우스워 절로 웃음이 나온다. 그러다가 이렇게까지 하면서 구하고자 하는 것이 무언가라는 생각에 서글퍼서 울음이 나온다. 그러다가 그 모든 정황이 우스워서 웃는다. 이십 분쯤 되면 뱃가죽이 당기고 기력이 쇠한다. 트레이너가 계속 웃음을 종용하기 때문에 멈출 수도 없다. 사십오 분이 지나면 탈진한다. 이제는 반가부좌로 앉아 호흡을 고른다. 몸과 머리가 완전히 이완돼 있다. 마스터 트레이너가 연단에 선다.

"웃고 나니 인체에 변화가 생기는 게 느껴지지요? 뇌 호르몬에 변화가 생기고 심신이 이완돼요. 선택에 의해 생리적 변화가 생기는 거지요. 여러분들은 어제 학습을 통해 자신들이 갖고 있던 상들이 허상이라는 걸 깨달았습니다. 그 허상을 버리겠습니까?"

"왜 버려야 하지요? 전 지금 상태대로 좋습니다."

"여러분은 더 나아지기 위해 여기 오신 것 아닙니까? 버려야지 새로운 것을 채울 수 있지요."

"네, 버리겠습니다."

이제는 각 조별로 트레이너의 지시에 따라 무아체험을 위한 수련으로 들어간다.

"여러분은 이제 기억을 지워내는 수련을 할 겁니다. 어제 수련한 내용을 떠올리세요. 버리고 싶은 모습, 잊고 싶은 기억을 떠올리세요. 그것들을 지워내는 겁니다. 그런 후에는 여러분들의 다른 모습들도 지워내세요. 좋은 모습들조차도 기억나는 모든 걸 지워내세요. 여러분들은 웃음수련으로 몸 안에 커다란 에너지가 쌓여 있습니다. 이 에너지가 물리적인 작용을 할 것입니다. 기억을 떠올린 다음 태양이나 원자탄을 상상하세요. 그게 머릿속에서 이글이글 타거나 쾅 하고 터지는 걸 상상합니다. 아니면 블랙홀에 빠트려도 됩니다."

"기억이 없어진다고요? 정말이에요?"

"네. 기억이 없어집니다. 얼마나 절실히 원하느냐에 달린 거지요. 백 퍼센트 원하면 기억이 없어집니다. 그렇지 않으면 최소한 기억에 내장된 감정을 없애주거나 희석시켜줍니다."

예전에 카이스트에서 컴퓨터 일을 하던 나에게는 트레이너 말이 피부로 와 닿는다. 컴퓨터가 전기의 힘으로 메모리를 지웠다 썼다 한다면 우리는 몸 안의 에너지로 전기를 일으키는 것이다. 정확히 말하면 지우기가 아니라 공 상태를 리라이트하는 것이다. 우리는 각자 편한 장소로 흩어져 기억 지우기를 한다. 하다가 체력이 달리면 기공을 하거나 연단을 하면서 테이블 가운데 쌓여 있는 초콜릿을 먹어가며 기력을 다시 끌어 모은다. 머릿속의 기억을 지울 때마다 머리가 부서질 듯 아프다. 지우고 싶은 욕망이 큰 기억일수록 작용이 커서인지 머리가 더 아프다. 우리는 점심 식사 후 다시 모인다.

"여러분들은 지워내기를 통해 순수해진 상태입니다. 이제 무아의 상태에서 대상과 하나 되기를 할 겁니다. 나가서 사물들과 하나 되기를 해보십시오. 사물을 바라보다 보면 내가 그것인 순간이 있어요. 각자 나가서 나무나 하늘이나 사물들을 보며 해보시고 어떤 느낌이 있으면 들어와서 나한테 말해보세요."

밖으로 나가 숲길을 산책하다가 마음에 드는 나무를 선택해 바라본다. 한참을 응시한다. 나하고 나무 사이에 에너지장이 생겨난다. 에너지장이 휘휘 휘어지면서 굴절이 생기는 게 느껴진다. 나뭇잎 색상이 섬세하게 분화되면서 입체영화처럼 선명해지고 이파리들의 움직임이 커다랗게 확대되면서 그대로 몸으로 전해진다. 나무 이파리들이 움직일 때마다 내 몸도 따라 움직인다. 나와 나무 사이의 에너지 굴절이 점차 확대되더니 다음 순간 나를 확 끌어당긴다. 아니면 나무가 나에게 당겨 온 건지도 모른다. 너무나 기뻐서 들어와 트레이너에게 그 사실을 이야기한다.

"나무에 빨려 드는 걸 느낀 건 누구지요?"

"나지요."

"그 순간에 내가 있었잖아요. 그러면 무아가 아니죠. 하나 되기란 무아의 상태를 말합니다. 나가서 다시 해보세요."

다시 나가서 나무를 응시한다. 전처럼 에너지장이 커지더니 그 기운이 나의 손과 발을 들어 올린다. 나는 기를 타고 덩실덩실 단무를 추다가 들어온다. 내 곁에 앉았던 아줌마가 트레이너 손을 잡고 눈물을 흘리고 있다.

"하늘의 새를 보고 있었어요. 다음 순간 내가 새였습니다. 고맙습니다."

그녀의 얼굴이 기쁨으로 환하다. 좀 전까지 있던 각박함이 사라져버린 그녀의 얼굴은 다른 사람처럼 변해 있다. 난 다시 밖으로 나와 벤치에 누워 무심히 흘러가는 하늘의 구름을 바라본다. 내가 새라니 그런 경지에 어떻게 다다른단 말인가. 입산수도 몇 년은 해야 겨우 될까 말까 한 걸 우리 보고 단 하루 만에 하라니……. 포기해야 할 것 같다. 다음 순간 나는 벌떡 일어나 트레이너한테 달려간다.

"하늘의 구름을 보는 순간 난 구름이었어요."

트레이너 얼굴에 흡족한 미소가 떠오른다.

"축하합니다."

난 놀라서 그에게 묻는다.

"하나 되기에 성공한 걸 어떻게 아시지요?"

"그 사람과 하나 되어보면 압니다. 그 느낌이 그대로 느껴지거든요. 진정한 깨달음은 깨달을 게 없다는 자각에서 시작합니다. 깨달음에 대한 환상이 깨달음을 방해하는 거지요. 그런 것처럼 하나 되기나 무아의 환상을 버릴 때 그 경지에 이를 수 있는 거예요."

"그런데 하나 되기는 왜 하는 거지요?"

"좋은 질문이에요. 우리가 우리 자신들의 생각과 지나치게 하나가 되어 있어서, 그러니까 너무 밀착되어 있어서 그것에서 분리시키기 위해 사물과 하나 되기를 해보는 거예요. 하나 되기는 무아 상태에서 가능한 거예요. 너무나 많은 생각들은 우리의 에너지를 분산시키기도 하고 사물의 진실을 보는 힘을 약화시켜요. 자기 자신을 객관화시킬 수 있게, 깨어 있게 하기 위해 하나 되기가 필요해요. 자 이제는 생각을 지운 것처럼 몸을 지우는 거예요. 이건 훨씬 쉬워요. 커다란 지우개로 싹 지워버리는 걸 상상해도 돼요. 자 눈을 감고 먼저 다리를 지워내세요."

지우개로 싹싹 다리를 지워낸다. 상상 속에서 내 다리는 없다. 내 몸은 달랑 공중에 매달려 있다.

"이젠 몸통을 지워내십시오."

몸통을 지워낸다.

"이젠 남아 있는 모든 걸 지워버리십시오."

팔과 머리마저 지워낸다. 순간 몸이 부력이 생긴 것처럼 붕 떠오른다. 상상 속에서 몸을 떠올리면 그 자리가 하얗게 비워져 있다. 비워진 몸통으로 공기가 쏟아져 들어오더니 공기 속에 섞여버리고 만다. 난 그냥 허공에 불과하다. 허공인 내가 바람이 부는 대로 이리저리 흔들리고 있다. 몸이 없다는 게 이렇게 가볍고 자유롭다니. 영혼인 나로만 남는다면 얼마나 황홀할 것인가.

다음 날은 진동수련으로 시작한다. 비트가 강한 음악이 쾅쾅 터져 나온다. 음악에 맞춰 춤을 추는 사람, 온몸을 털어내는 사람, 몸을 비비 꼬는 사람, 사람마다 다양한 방식으로 진동수련을 한다. 한 시간 동안의 진동수련 후 마스터 트레이너가 연단에 선다.

"여러분들은 뇌에 대한 공부를 하고 있습니다. 그동안 우리는 생각하고 판단하는 신피질과 감정을 관장하는 구피질의 영향을 지나치게 받아왔습니다. 본능이나 생명을 관장하는 뇌간에 상대적으로 소홀했어요. 오늘은 뇌간을 강화시키는 공부를 할 것입니다. 자 이제부터 여러분들은 열네 살입니다. 밖에 도구들이 있어요. 나가서 그걸로 열네 살처럼 꾸미고 들어오세요. 트레이너들은 점검을 해서 열네 살처럼 치장한 사람들만 입장시키세요."

밖에는 다양한 소품들이 준비되어 있다. 헤어 젤로 머리를 세워 꽃 핀을 꽂고 얼굴에 색색의 스티커를 덕지덕지 붙이고 들어온다. 서로의 모습을 보면서 웃어댄다.

"이제 여러분들은 열네 살처럼 행동해야 해요. 친구들끼리는 서로 반말을 써야 해요. 규칙을 위반하면 벌칙이 있습니다."

"네."

갑자기 수련생들의 음성이 어린애처럼 혀 짧은 소리로 변한다. 이제 젊은이가 육십대에게 반말을 쓰고 남녀 간의 벽이 허물어진다. 우리는 어른스런 판단을 유보하고 하루 종일 어린애다운 놀이를 하면서 지낸다. 자신만의 자작곡을 만들어 부르는 대회도 한다. 오후에 우리는 각 조별로 둥그렇게 둘러앉는다. 한가운데 수저가 쌓여 있다. 마스터 트레이너의 지시에 따라 수저를 얼굴에 붙인다. 처음에는 양미간 인당의 잡아끄는 힘을 이용해 이마에 붙인다. 수저가 척척 붙자 여기저기서 탄성이 터져 나온다. 이제는 얼굴 이곳저곳에다 붙인다. 세 개 이상 붙이는 데 성공한 사람들은 일어서서 음악에 맞춰 춤을 춘다. 이박사의 메들리 팝송에 맞춰 으싸 으싸 신나게 춤을 춘다. 거의 모든 사람들이 일어나 춤을 추고 있다. 와이 엠 시 에이 으싸 으싸 으싸 으싸, 와이 엠 시 에이 으싸 으싸 으싸 으싸……. 춤을 추고 난 후 콘테스트가 벌어진다. 열세 개 붙인 사람이 가장 많이 붙여 일등을 한다.

다음에는 수저 구부리기다. 수저가 엿가락처럼 휘휘 휘어진다. 모두들 자신의 능력에 놀라 탄성을 지른다. 이제 인당을 통해 스크린을 보는 능력.

"여러분의 뇌간에는 송과체라는 것이 있습니다. 보는 걸 관장하는 기관이에요. 꿈을 꿀 때도 송과체가 작용을 하지요. 백회로 천지기운을 받아 송과체로 보냅니다. 송과체가 환하게 밝아지는 게 느껴지면 그 빛을 인당을 통해 레이저처럼 쏘는 겁니다. 점점으로 사각의 스크린을 만드세요. 그리고 초점을 그 안에 놓은 후 생각을 놓으십시오. 그러면 여러분들이 점으로 만든 사각이 환한 스크린으로 떠오릅니다. 그 스크린을 통해 트레이너가 갖다 대는 색깔이나 숫자를 읽어보세요."

우리는 모두 안대를 한다. 백회로 받은 기운을 송과체로 모아

인당으로 쏜다. 인당이 간질거리면서 희미한 빛의 터널이 만들어진다. 하지만 스크린을 만들 만큼 강력하지 못해서 실패하고 만다. 이번에는 성공하는 사람들이 많지 않다. 마스터 트레이너가 연단에 선다.

"아이들은 의심이 없어서 금방금방들 합니다. 자기의 뇌를 믿는 거죠. 여러분들은 아직 의심이 많아요. 하지만 꾸준히 연습을 하면 누구나 할 수 있습니다. 그 스크린을 통해 예언적인 영상들을 보기도 합니다. 어떤 사람은 3D로 영상을 보기도 하지요. 이제 오늘의 프로그램이 끝나가고 있어요. 여러분들에게 선물을 하나 주겠습니다. 눈을 감으세요. 백회를 통해 새가 한 마리 여러분들의 가슴속으로 날아 들어갈 겁니다. 그 새를 똑바로 보십시오."

눈을 감고 백회로 호흡을 한다. 백회를 통해 새가 한 마리 가슴속으로 날아든다. 마음의 눈으로 그 새를 똑바로 바라본다. 빨간색 꼬리와 노란색 몸통을 가진 앵무새 비슷한데 앵무새보다 훨씬 순하게 생긴 새다.

"그 새가 여러분에게 자신의 이름을 말할 것입니다."

"마고."

새가 이름을 말해준다. 지구의 여신인 마고라고.

"그 새는 천지기운을 먹고 사는 새입니다. 매일 아침 백회로 기운을 받아 새에게 모이를 주세요. 새를 죽이지 말고 잘 키우시기 바랍니다. 그 새가 여러분들을 도와줄 겁니다."

다음 날은 기운을 끌어 모으는 운기심공 동작을 배운 후 이인 일조가 되어 서로의 몸을 도구 삼아 활공을 배운다. 심포경, 방광경, 대장경 등 12경락과 척추를 더듬으며 하루종일 기초적인 것을 습득한 후 저녁 무렵에 프리스타일의 활공에 들어간다. 나는 하나 되기를 이용해 파트너의 몸을 읽는다. 상대방의 머리가, 가슴이, 위장이 느껴진다. 장과 발목에서 냉기가 느껴진다. 나는 장과 발목을 집중적으로 활공해준다. 나의 파트너가 그곳이 안 좋았다면서 고마워한다. 마스터 트레이너가 다시 연단에 선다.

"여러분은 지금까지 활공법을 배웠습니다. 이제 여러분에게 최고의 활공법을 가르쳐주겠습니다."

우린 그의 지시에 따라 커다란 원을 두 줄 만들어 서로 마주 보고 선다.

"앞의 파트너의 눈을 삼 초간 바라보십시오. 그리고 바깥 줄의 사람들이 한 칸 옆으로 옮겨주십시오. 그렇게 계속하세요."

나는 내 앞의 파트너의 눈을 삼 초간 바라본다. 쑥스럽다. 자리를 옮겨 다시 삼 초간 바라보다가 옆으로 옮겨 간다. 다시 삼 초간. 눈이 시리다.

"이제 고개를 돌려 스쳐 간 파트너들을 보십시오. 그들은 여러분들의 과거입니다. 과거를 잊으세요. 싹 잊으세요. 이제 눈앞의 파트너를 바라보십시오. 오른손을 내밀어 파트너의 손을 잡습니다. 천천히 천천히 잡아보세요. 계속 눈을 바라봅니다. 그들이 여러분의 현실입니다. 눈앞 파트너를 정성이 담긴 눈으로 바라보십시오. 파트너의 눈 속에 당신이 있습니다. 그리고 그 눈 속에 파트너가 있습니다. 그걸 바라보십시오."

나는 스쳐 보낸 파트너들을 바라보던 시선을 거둬 눈앞의 파트너를 바라본다. 마주 보는 눈동자 속에 내가 있고 또 그 속에 그가 있다. 가슴속에서 따스한 기운이 감돌기 시작한다.

"이제 또 한 칸 움직입니다. 스쳐 간 과거는 잊고 앞의 파트너에게 관심을 집중합니다. 그의 눈을 바라봅니다. 이제 앞줄의 사람들이 뒤로 돌아섭니다. 뒤의 파트너들이 앞줄의 파트너 어깨에 손을 얹습니다. 꽃잎이 피듯이 천천히 그리고 부드럽게 얹으십시오. 다음에는 뒤로 돌아서 바꿔서 해봅니다."

파트너가 내 어깨에 손을 얹는다. 천천히 꽃잎이 피듯 천천히. 따스한 기운이 어깨에서부터 전신으로 퍼져 나간다. 훌쩍이는 소리가 여기저기서 들려온다.

"여러분들은 최고의 힐링이 사랑이라는 걸 지금 체험하고 있습니다."

개인으로부터 퍼져 나간 기운과 기운이 만나 수천 배로 증가돼 홀 가득 감동의 에너지로 채우고 있다. 그 에너지가 몸속으로 다시 들어와 전신의 혈을 열고 있다. 머리끝에서 발끝까지 온몸이 열리고 있다. 난 내 몸의 세포 하나하나를 백 퍼센트 순수함 그 자체로 느낀다. 감미로움 그 자체로 느낀다. 희열이 차오른다.

"과거는 정보 속에나 있을 뿐 존재하지 않는 것입니다. 과거에 집착하지 마십시오. 그리고 현재에 최선을 다하세요. 이제 현실로 돌아가면 여러분이 만나는 그 순간의 사람이 전부이고 진실입니다. 그들을 힐링해주세요. 최고의 힐링은 사랑입니다. 사랑으로 대하세요. 과거가 되어 떠나더라도 후회하지 않을 만큼 온 마음으로 사랑하세요."

이제 모든 프로그램이 끝났다. 우리는 며칠 동안 동거동락했던 동료들과 아쉬운 작별을 한다. 서로 포옹하고 울면서 감동을 다시 나눈다. 나는 같은 방향인 도우의 차를 탄다. 차 안에는 그녀의 딸이 타고 있다.

"열네 살인데 어떻게 운전을 해?"

일곱 살쯤 되어 보이는 그녀가 운전대에 앉은 엄마에게 말한

다. 부모를 따라온 애들이 있었는데 놀다가 우리가 하는 프로그
램을 보았던 모양이다. 하도 영특해 보여 내가 묻는다.

"너도 새가 있니?"

"그럼요."

"네 가슴속에?"

"내 새는 천부성에 있어요. 내가 부를 때만 와요."

"네가 천부성을 알아?"

내가 놀라서 묻는다.

"그럼요. 봤는데요."

"넌 스크린도 보니?"

"네."

"그런 얘길 친구들하고 하니?

"아니요. 그애들은 이해하지 못할 거예요."

"그런 비밀을 갖고 있는 게 어때?"

"좋아요."

"넌 정신세계에서는 내 선배구나."

"그래서 이곳에서는 나이를 묻지 않아요. 영혼의 나이가 중요
하기 때문이에요."

그애의 엄마가 설명해준다. 그렇다면 나의 영혼의 나이는 몇

살이나 되는 것일까?

10

　내 머릿속의 기억이 얼마나 지워졌는지 나는 모른다. 무엇을 지우길 원했는지 만일 그것이 지워졌다면 기억을 할 수 없기 때문이다. 하지만 수련을 다녀온 후 확실히 달라진 걸 느낀다. 그걸 소현이를 보면서 그애의 아빠를 보면서 느낀다. 소현이를 보러 드나드는 그를 나는 편안한 마음으로 보고 있다. 더 이상 유령 따위는 없다. 그건 과거에 상처 때문에 왜곡된 채로 입력된 지워버려야 할 허상에 불과하다. 그 기억을 지우거나 최소한 감정을 제거하면 우리의 관계는 새로워지는 것이다. 현생의 기억을 없애고 천 년 억 년 살았던 기억의 흔적마저 없앨 수 있다면, 그래서 전생의 업도 인연도 다 지워내면, 오래 살았다는 느낌이 없어질 것이고, 그러면 난 새로 태어난 아기처럼 세상사에 흥미를 느끼며 살아갈 수 있을지도 모른다. 내 앞에는 미래만 있게 될지도 모른다. 컴퓨터를 새로 포맷하는 것처럼 말이다. 언젠가 아주 힘들어질 때 죽을 만큼 힘들어질 때 그 욕망이 백 퍼센트가 될 때 나는 날 다시 포맷할 것이다.

12월이다. 멋 부리고 싶은 계절. 난 마네킹들에게 겨울옷을 입힌다. 황금빛으로 번쩍이는 가죽코트에 여우 털모자를 쓰고, 칼라에서 아랫단까지 풍성한 프릴이 달린 체크무늬 코트를 입고, 화려한 스팽클과 비즈를 단 청코트를 입은 마네킹이 가게 앞에 서 있다. 동구의 미녀같이 우아하고 섹시하게 서서 차가운 겨울바람 속을 지나가는 사람들에게 로맨스를 불러일으키고 있다. 일상을 잊게 하고 꿈을 꾸게 하고 있다. 마네킹 앞에 멈춰 서는 사람들은 여자들만이 아니다. 남자들이 자주 멈춰 선다. 그들은 꿈을 꾸는 여자를 꿈꾼다. 멈춰 서서 마네킹을 바라보던 남자 하나가 가게로 들어와 사진을 찍어도 되느냐고 묻는다. 여자 친구에게 풍성한 프릴이 달린 로맨틱한 코트를 선물하고 싶은데 사진을 찍어 보내고 싶다고 한다. 그가 사진을 찍는다. 그는 그 코트를 입은 여자 친구를 상상하면서 사진을 찍는다. 두꺼운 면직의 코트는 무게 때문에 축 처진다. 풍성하게 매달린 프릴이 아래로 축 처지면서 그려내는 나선형의 우아한 곡선들은 여성성을 아름답게 부각시키고 있다.

"너무 화려해서 아무 곳에나 입고 갈 수 없다는데요?"

여자의 전화를 받은 남자가 미안한 듯 말한다.

“그 코트는 그래요. 남자들이 더 좋아해요.”

그들이 원하는 여자의 모습이 그 코트에 있기 때문에 남자들은 그 코트를 좋아한다. 아무 곳에나 입고 갈 수 있는 옷만 찾는 여자를 이해할 수 없다. 지나가던 남자가 깜짝 놀라 선다. 불현듯 가게로 들어선다. 그는 약간 흥분해 있다.

“남자 옷도 파나요?”

“미안해요. 여자 옷뿐이에요.”

그는 알면서도 들어온 것이다. 그는 그의 반쪽을 찾는 것이다. 그의 반쪽이 입고 싶어하는 여자 옷을 입을 수가 없어서 그런 옷을 입을 수 있는 여자가 필요한 것이다.

12월이다. 올해는 유난히 추워서 거리가 싸늘하게 얼어붙었다. 난 폴 사장이 가져다 놓은 클럽 음악 대신 스윙을 튼다. 차가운 겨울에는 스윙이 어울린다. 폴은 옷 하러 멀리 가 있어서 내가 음악을 바꾼 것도 모를 것이다. 전화가 온다. 폴 사장이다. 오디오 볼륨을 죽인다.

“선생님 건강하세요? 여기 터키예요. 오늘 기가 막힌 가죽점퍼를 봤어요. 이태리 고급매장에서 천만 원씩 하는 가죽코트예요. 너무 예뻐요. 선생님이 보시면 까무러치실 거예요. 그걸 사고 싶었는데 참느라고 혼났어요.”

“참으세요. 그런 옷 팔 자신 없어요. 나중에요. 나중에 고급매
장을 차리면 그때 사세요.”

“그래요. 나중에요. 고급매장을 차려서 옷을 파는 거예요. 장
사를 하면서 정말 잘 어울리는 손님이 있는데 돈이 없으면 그냥
주는 거예요. 우리 그렇게 해요.”

“네. 그때 해요. 그러니까 지금은 참으세요.”

“네. 대신 드레스를 사가요. 여기 황족이 입는 거예요. 아르메
니아 족과 투르크 족이 입는 옷이요. 실크에다가 금은 철사실로
수를 놓았어요. 한 벌 만드는 데 몇 달씩 걸린대요. 새 걸 사면
아주 비싸요. 이백만 원 이상이에요. 그래서 오래된 걸 사가요.
오래 걸어놓아서 먼지가 타고 찢어지고 한 것들이요. 그걸 가져
갈게요.”

아름다움에 감응하는 남자가 여기 또 있다. 그는 여자들보다
여자들의 아름다움을 더 잘 본다. 그들에게서 잘려 나간 나머지
반쪽에 대한 그리움으로 인해 그 쪽에 대한 촉수가 더 예민하다.
여자에 대한 그리움을 모르는 여자들은 남자들의 말을 들을 필
요가 있다.

타멜라에 터키에서 온 드레스가 일곱 벌 걸려 있다. 비록 먼지
가 타고 찢어졌지만 그 옷들은 특별하다.

"이 섬세한 실크 조직을 보세요. 여기에다가 이렇게 금은 철 사실로 수를 놓으니 옷들이 무게를 감당하지 못하지요. 황족들도 며칠씩 걸려 옷을 수선해 입는대요. 견사로 일일이 꿰매는 거예요. 그렇게 해서 또 입고, 또 입고, 그냥 입다가 버리는 옷들하고는 달라요."

난 손님들에게 열심히 설명을 한다. 그들은 흥미롭게 드레스를 바라보지만 소용에 닿지가 않아 외면하고 만다. 사무실에 입고 갈 수도 없고 외출복으로도 마땅찮고 파티에도 거의 가지 않으니 소용이 없다고 판단한다. 그렇게 생각하는 사람들을 보면 답답하다. 황족처럼 입으면 왜 안 되는가? 왜 꿈만 꾸고 있나? 꿈처럼 사세요.

타멜라는 꿈을 좇는 사람들이 찾는 곳이다. 나는 그곳에서 옷을 파는 게 아니라 꿈을 판다. 내가 오랫동안 꾸어왔던 꿈을 닮은 옷들이 그곳에 걸려 있다. 내가 특별히 애착을 갖는 옷들을 사가는 손님들에게 나는 특별한 애착을 느낀다. 그 옷을 싸주면서 나의 일부분을 떼주듯 마음이 허전했던 사실을 손님들은 모를 것이다. 그들은 그냥 상품을 판다고 생각할 것이다. 터키 황족의 드레스도 언젠가 그 드레스의 진가를 알아보고 사는 사람이 나타날 것이다.

12월이다. 연애하고 싶은 계절. 소현이는 춤추러 다니느라 바빠진다. 타멜라 단골손님인 리사와 죽이 맞아 그녀의 동료인 영어학원의 외국인 선생들과 어울리더니, 휴가를 받아 한국에 나오는, 미국에 사는 한국인 친구들이 몰려들기 시작한다. 압구정동, 홍대 앞 클럽들이 소현이를 유혹한다. 입장료 공짜, 술은 얼마든지 줄 테니까 그저 놀러만 와달라고. 미국에서도 비보이Bboy들과 어울리며 닦은 춤 솜씨가 진가를 발휘하고 있다. 술에 취해 새벽에 들어와서는 엄마 곁에서 잔다고 어리광을 부린다.

"엄마는 아주 특별해. 그래서 아빠와 맞지 않는다는 거 잘 알아. 그냥 보통 남자들하고 엄마는 맞지 않아. 특별한 남자여야 해 엄마와 맞는 사람은. 엄마, 좋은 남자 만나."

"특별한 남자가 어디 있니? 이 나이 될 때까지 못 만났는데."

"맞아. 남자는 다 애들이야."

"맞아. 좀 착한 애기, 좀 나쁜 애기라는 차이가 있을 뿐이야."

딸이 큰다는 건 좋은 일이다. 이렇게 남자 얘기를 같이 하다니. 소현이는 쿨쿨 잠이 든다.

12월이다. 선물을 주고받는 계절.

"가게에 왔는데 없어서 선물을 놓고 가요. 이제는 헤어진, 사랑하는 여자에게 주는 선물이라고, 아주 우아한 분에게 어울리는 목걸이를 만들어달라고 부탁했어요. 그걸 놓고 가요.”

전화기 속에서 그가 말한다. 가게로 가니 소현이가 누가 선물을 놓고 갔다고 한다. 케이스 안에 다이아몬드 목걸이가 들어 있다. 그와 만났던 시절에도 선물을 받았던 기억이 없다. 언젠가 그에게 이런 말을 했던 기억이 난다. “난 보석은 절대로 스스로 사지 않아. 보석만큼은 남자에게 받아야 한다는 고집스런 생각이 있어.” 휴대전화가 울린다. 문자 메시지가 떠 있다. ‘따님이 엑셀런트합니다.’ 목걸이를 놓고 간 그 사람이다. 그리고 난 선물한 가지를 더 받는다. ‘천강지’라는 선물을.

원장이 가게에 불쑥 나타나 좀 걷자고 한다. 무언가 할 얘기가 있는 사람의 얼굴이다. 왠지 그가 떠날 거라는 예감이 든다. 그는 사호선 출구 쪽으로 걸어간다. 그곳에서 전단을 나눠주던 그를 본 게 우리의 첫 만남이었다. 나중에는 그를 도와 나도 그곳에서 전단을 나눠주었었다. 횡단보도를 건너 마로니에 공원 쪽을 향해 걷는다. ‘파리 크라상’ 앞을 지난다. 전단을 나눠주고 나서 그곳에 들어가 아침으로 프렌치토스트를 먹곤 했었다. 건너편의 서울대학 병원 농구코트에서 게임을 하던 일도 떠오른다. 그는 낙산을 향해 오르기 시작한다. 온 천지가 꽁꽁 얼어붙은 추운 날이다. 추워서 산을 오르는 사람이 아무도 없다.

"원장님 하실 말씀이 있지요?"

그는 여전히 아무 말도 하지 않고 묵묵히 걷는다.

"도우님 만나고 얼마되지 않아 저 정자에서 피리를 불었지요?"

아직 더위가 남아 있던 초가을의 어느 날 밤이었다. 센터 수련이 끝난 밤에 여럿이 그 정자에 올라가 원장이 부는 피리를 들었었다. 그때 산을 오르면서 그와 천부성에 대한 애기를 했었다. 정자에서도 먼 하늘의 천부성을 향해 서서 그 별을 그리는 자작곡으로 피리를 불었었다. 미국 애리조나 주 세도나의 들소 뼈로 만들었다는 그 피리 소리는 맑고 구슬펐다. 원장은 정자를 지나쳐 계속 올라간다. 조금 더 오르자 가을에 한 달간 새벽 야외수련을 했던 광장이 나온다.

"저곳에서 일지기공을 배웠었지요?"

〈다운 오브 어 뉴 센트리Dawn of a new century〉라는 웅장한 음악에 맞춰 기공을 하다가 태양이 떠오르면 일제히 서서 태양 에너지를 몸으로 흡수했었다. 아! 건강을 찾게 도와주고, 영기통 수련을 통해 영혼과 만나게 해주고, 천부성이란 내 고향을 가르쳐주고, 여러 가지 수련을 받을 기회를 주어 몸과 뇌에 커다란 변화를 준 사람. 그 사람이 떠나려 하고 있다. 비로소 내가 그에게 정신적으로 얼마나 의존했는지 새삼 깨닫는다.

"원장님 저에게 할 얘기가 있지요?"

내가 다시 묻는다.

"도우님 저 떠나요."

"역시!"

난 걸음을 멈추고 그의 얼굴을 정면으로 바라본다.

"정말이에요?"

"네. 떠나요."

무언가 중요한 것이 사르르 몸속에서 빠져나가는 게 느껴진다.

"지금 떠나면 안 되지요. 나하고 약속한 게 있잖아요. 내 머리 속의 회로는 어떻게 하구요? 원장님이 가시면 엉망으로 엉켜버릴 거예요. 그리고 난 영혼을 막 만난 참이에요. 아직 영적으로 어린애라고요. 완성이 되지 않았잖아요."

"미안해요. 하지만 제 개인적으로 결정할 수 있는 일이 아니에요. 이제 도우님 스스로 찾으셔야 해요. 혼자 서야 해요. 도우님은 강하셔서 하실 수 있어요."

"아! 난 강하지 않아요. 강한 척한 것뿐이에요. 그러지 않으면 방법이 없잖아요? 제가 어떻게 하겠어요? 절 좀 도와주면 안 되나요?"

나는 말도 안 되는 소리로 그에게 따지고 든다. 그러고 보니 난 나보다 훨씬 어린 그에게 어리광을 부려왔던 것 같다.

"너무해요. 왜 내가 마음을 주면 늘 이 모양이지요? 전생에 무슨 죄를 지었기에 이러냐고요."

난 그에게라기보다는 운명을 향해 항의를 한다.

"도우님 나를 믿지요?"

그의 눈에 어려 있는 진실의 빛이 나를 진정시킨다.

"네. 믿어요."

"자, 눈을 감고 내 손을 잡아요. 내가 이끄는 대로 따라오세요. 절대로 눈을 뜨지 마세요."

"알았어요. 절대로 눈을 뜨지 않을게요."

그가 내 손을 잡는다. 나는 눈을 꼭 감고 그의 손에 이끌려 어디론가 걸어간다. 언덕을 오르기도 하고 계단을 내려가기도 하고 커브를 돌기도 한다. 발에 무엇인가 걸리고 다리가 휘청거려도 난 절대로 눈을 뜨지 않는다. 그와 약속했기 때문에. 나는 그의 손에 매달려 그를 절대적으로 믿으면서 깜깜한 암흑 속을 헤쳐 간다.

"도우님 지난번 수련에서 배웠지요? 과거는 흘려보내라고, 기억이 만든 허상이라고, 현재에 충실하라고, 제가 떠나면 제 생각하지 마세요. 우리의 인연은 여기까지예요. 그리고 그후 도우님 앞에 다가온 사람들을 온 마음으로 사랑하세요. 그 사람이 바로 나이기도 해요. 도우님하고 인연이 있어 미래에 다시 만나게 되면 그 현재에 온 마음을 다해 우리 사랑해요."

눈물이 흐른다. 깨어 있음의 가혹함에 눈물이 흐른다. 진실의 무서움에 뼈가 저리다. 언젠가 깨어 있음 그 자체가 되면 눈물을 흘리지 않을지도 모른다. 그때까지 얼마나 많은 눈물을 흘려야 할지. 흘러내린 눈물이 얼어붙어 뺨이 얼음같이 차가워져도 난 무심하게 바라만 볼 뿐이다. 얼음같이 시린 것은 내가 아니라 내 몸이라고 생각하면서 그냥 바라만 볼 것이다.

"도우님 내가 하는 말을 따라하면서 외우세요."

"난 머리가 나빠서 못 외워요. 딱딱하게 굳어버렸다구요."

"그래도 외워보세요. 나는 날마다 행복을 창조한다."

"나는 날마다 행복을 창조한다."

"원하기만 하면 언제든지 자유자재로."

"원하기만 하면 언제든지 자유자재로."

"기쁨과 행복을 창조할 수 있다."

"기쁨과 행복을 창조할 수 있다."

"이제, 더 이상 누군가가 나타나."

"이제, 더 이상 누군가가 나타나."

"나를 행복하게 해줄 때까지 기다리지 않겠다."

"나를 행복하게 해줄 때까지 기다리지 않겠다."

"나는 지금 당장 행복해질 수 있다."

"나는 지금 당장 행복해질 수 있다."

"나에게는 행복을 선택하고 창조할 수 있는 힘이 있다."

"나에게는 행복을 선택하고 창조할 수 있는 힘이 있다."

"쉽지요?"

"너무 어려워요. 잔인할 만큼 어려워요."

"여기예요. 눈을 뜨세요."

눈이 부시다. 나는 환한 빛의 한가운데 있다. 사방이 확 트인 아담한 광장에 우리가 서 있다. 광장 바닥에는 무늬가 새겨진 원형의 돌이 깔려 있고 그 무늬 정가운데 우리가 서 있다.

"어제 생각을 좀 정리하느라고 낙산에 올라왔다가 이곳을 발견했어요. 전에 수련 지도하느라 다니면서도 이런 곳이 있는 줄 몰랐어요. 사방이 막힘이 없어서 시원하고 기운이 참 좋은 곳이에요. 이곳 이름을 지었어요. '천강지'라고 천지 기운이 내려오는 곳이란 뜻이죠. 미국 세도나에도 천강지가 있어요. 그 이름을 땄어요. 이곳을 도우님께 드리겠어요. 외롭거나 힘들 때 이곳에

와서 천지 기운을 받으세요."

"고마워요."

"자 하늘을 보세요. 아름답지요? 저기 구름이 있네요. 구름 두 개가 겹쳐지고 있지요? 그리고 이제는 막 갈라서네요. 우리에게도 우리의 길이 있는 거예요."

우리는 천강지 한가운데 서서 작별의 포옹을 한다.

12월은 작별의 달이다. 한 해하고 헤어지고 사람들하고도 헤어진다. 31일 소현이가 떠난다. 이곳에서 31일에 떠나서 그곳에 도착하면 그곳도 31일, 그곳에서 31일 모임이 있다고 한다. 12월 31일 타멜라 문을 조금 일찍 닫고 모임에 간다. 사진작가 김중만과 화가 김점선이 공동 전시회를 하면서 파티를 한다고 한다. 전시회장 이 층에 초대받은 사람들이 모여 있다. 뷔페로 차려진 음식을 먹고 참석자들이 만들어내는 공연을 본다. KBS에서 나와서 미리 촬영해 들어가야 한다며 카운트다운을 부탁한다. 포도주 잔을 들고 세 시간 일찍 카운트다운을 한다. 파이브, 포, 쓰리, 투, 원, 제로, 해피 뉴 이어. 와와와! 짝짝짝짝! 사교적인 모임의 뒤끝이 그렇듯 허전한 심정으로 집으로 돌아온다. 혜화동 로터리에서 집 쪽으로 향하는데 벽에 붙어 있는 단 월드 포스터가 보인다. 원장이 붙인 포스터가 아직도 붙어 있다. 집으로 들어선다. 소현이가 벗어놓고 간 옷가지들, 다 써서 버리고 간 화장품 병들, 그곳은 춥지 않다면서 두고 간 부츠들, 여기저기 그녀가 어질러놓고 간 흔적들이 있다. 집은 조용하다. 조용하다 못해 적막하다. 모든 방의 불들이 꺼져 있다. 불현듯 난 집을 나선다. 차가운 겨울바람을 뚫고 낙산으로 올라간다. 산을 오르는 사람은 아무도 없다. 천강지 한가운데 선다. 하늘을 바라본다. 어디인지 모를 천부성을 향해 날 데리고 가달라고 빈다. 다시 태어나고 싶지 않다고 속으로 외친다. 근처 어디에선가 폭죽이 터진다. 바람결에 함성이 들려온 듯도 하다. 열두시. 해가 바뀌었다. 난 머릿속에 원자탄을 쌓는다. 강력한 원자탄으로 모두 날려 보낼 것이다. 나는 전능하다. 나는 누구라도 죽일 수 있고 세상까지도 지울 수 있다. 모든 것은 머릿속의 정보일 뿐이니 정보만 바꾸면 된다. 머릿속에 원자탄을 수천 톤 쌓고 천강지에서 받은 천지 기운으로 점화를 시킨다. 내 몸의 모든 에너지가 머리 위로 몰려든다. 파파파파팡 머릿속에서 원자탄이 터진다. 눈알이 튀어나올 것 같아 두 손을 꼭 쥐고 눈을 꼭 감는다. 잠시 후 나는 눈을 뜬다. 온몸의 맥이 빠진다. 마음속의 고통은 완화되었다. 하지만 난 여전히 내 딸도, 원장도, 타멜라도, 폴도, 강 사장도 지영이도 그 외의 다른 것들도 기억하고 있다. 그러면서 나는 깨닫는다. 내가 그것들을 지우지 못하는 것은 내가 그들을 사랑하기 때문이라고, 마음속 깊은 곳에서 잊고 싶지 않기 때문이라고, 그들과 그들이 있는 이 고통스러운 세상을 사랑하기 때문이라고, 그 집착이 지우기를 방해하는 거라고. 그리고 그것들과 함께 전생의 기억도 잊고 싶지 않은 거라고, 나는 잊고 싶지 않은 걸 선택한 거라고. 그것 때문에 무아가 될 수 없다고, 깨달음을 얻기 위해선 더 큰 고통과 절망이 필요하다고. 말로는 천화하고 싶다고 하면서도 정말 천화하고 싶지 않은지도 모른다고.

나는 눈물을 닦고 아직도 불빛이 남아 있는 도시를 향해 소리 지르기 시작한다.

"나는 날마다 행복을 창조한다.

원하기만 하면 언제든지 자유자재로

기쁨과 행복을 창조할 수 있다.

이제, 더 이상 누군가가 나타나

나를 행복하게 해줄 때까지 기다리지 않겠다.

나는 지금 당장 행복해질 수 있다.

나에게는 행복을 선택하고 창조할 수 있는 힘이 있다."

11

1월 1일 새해가 시작되는 날 나는 타멜라로 간다. 가게 문을 연다. 거리는 한산하다. 예상대로 손님은 없다. 손님을 기대한 건 아니다. 지나가던 중년여자가 가게로 들어선다.

"새해 복 많이 받으세요."

시주를 받으러 온 스님이다. 그녀는 시주 돈을 받고도 떠나지 않고 머무적거린다.

"신년 점 좀 봐드릴까요? 난 막 근처에 절을 마련해서 기운이 좋다오."

"알고 살든 모르고 살든 뭐 다를 게 있어요?"

내가 시큰둥하게 웃으며 대꾸한다.

"아이구. 쯧. 남자 복이 없군. 평생 달라는 남자밖에 없으니. 자신의 업은 스스로 풀 수밖에 없는 사람이야."

그녀의 말에 나는 씩 웃는다.

"체구는 작아도 큰 사람이야. 돈 욕심도 없어. 돈 때문에 장사하는 사람도 아니고."

그녀가 가게를 나선다. 나는 미래에 무슨 일이 있을지 알고 싶지 않다. 혹 안다면 그렇잖아도 재미없는 삶이 얼마나 지루할 것인가?

작품 해설 | 우주의 잔혹성을 대면하는 개체의 숙명애

강유정(문학평론가)

1. 운명의 가역성과 무한의 시간

송혜근의 『아모르 파티amor fati』는 철학이 되거나 종교와 조우할 일상의 순간을 포착한다. 아무렇지 않은 듯 흘러가는 생활 세계의 편린들이 시간과 공간에 대한 반성적 사유와 접촉할 때 일상은 천상이 아닌 잔혹한 지옥으로 전도될 수밖에 없다. 원근법적 공간과 선조적 질서 위에 구축된 현생의 삶을 철학이나 종교의 시선으로 조감한다는 것은 그것을 영원이나 운명의 개념으로 새롭게 여과해낸다는 것을 뜻한다. 숨 쉬고, 먹고, 자고, 살아가는 모든 일상적 행위가 영원에 간섭받음으로써 운명이라는 관넘이 구체적 실증으로 체험되는 것이다. 이에 "지금-여기"의 삶, 그러니까 욕망으로 운용되는 삶은 허망한 고류이자 감금으로 각성될 수밖에 없다. 신체에 각인된 과거의 흔적이 치욕스러운 욕망의 화인으로 전도되고 그래서 자아 너머에 놓인 세계가 존재의 벽으로 느껴질 때, 삶은 실체가 아닌 환상으로 가득 찬 지옥으로 변질되고 만다. 사고四苦와 팔고八苦로 운용되는 세계, 니체의 말을 따르자면 "영원히 불완전한 세계", 끊임없이 반복되는 출구 없는 시간이 삶이라면 이러한 상황에서의 거듭된 윤회란 지옥이자 악몽에 불과하기 때문이다.

그렇다면 이 끝없는 반복에 갇힌 출구 없는 세계 가운데서 인간이 지닌 욕망, 그 소루한 개체가 소망하는 욕망이란 무엇이 될 수 있을까? 운명과 우주의 관점으로 볼 때 시시비비를 가리는 현생의 이전투구는 삶의 구체적 장면이라기보다 우매한 집착에 불과하다. 운명을 조율하는 우주적 잔혹성으로 조망할 때 인간의 생활 세계는 자기 영사影寫를 통해 구원 받아야 할 부정否定의 공간으로 판명되고 만다. 이에 삶이란 아마도 불타는 수레바퀴에 묶여 영원히 돌고 있는 익시온Ixion의 속박과 구멍 뚫린 항아리에 물을 채워야 하는 다나이데Danaide의 좌절 혹은 물과 과일을 눈앞에 두고도 영원히 굶주리고 목말라하는 탄탈루스Tantalus의 고통과 다를 바 없어진다.

결코 완전해질 수 없는 세계, 도저히 극복될 수 없을 세계와 자아의 간극, 끝없는 결핍으로 되돌아올 수밖에 없는 욕망과 그것을 채우고자 하는 불가능한 노력 가운데 놓인 인간. 송혜근의 『아모르 파티』는 생애를 감금으로 인식한 한 여자로부터 시작한다. 『아모르 파티』에 등장하는 인물들은 삶이 형편없는 지옥이자 잔혹한 반복이라는 사실을 감지했기에 그것을 벗어나고자 노력하는 자들로 구성되어 있다. 그러니까 『아모르 파티』는 우주적 잔혹성 앞에 놓인 자아의 운명을 '지금-여기'에서 마무리 짓기 위한 자기 구원의 드라마다. 중요한 것은 이 자기 구원의 드라마 자체가 유례없는 자기 변양의 구체성을 동반한다는 사실이다. "타멜"이나 "천부성"과 같은 이상적 유토피아로의 초월을 추구한다는 점에서 종교적 신비주의의 색채를 띠고 있는가 하면 '나'를 없애는 자기 부정을 그 수단으로 선택한다는 점에서 노장 사상과 연계된다. 이는 한편 윤회의 업을 멈출 운명애라는 점에서 불교적 해탈이나 니체의 위버멘시나 영원회귀와 내통하기도 한다.

출구 없는 악몽과 같은 현실에서 벗어날 초월적 지평을 찾는다면 깨달음은 종교적 삶과의 연계를 강구해야 할 것이다. 그런데 『아모르 파티』는 초월이라는 신비를 자아의 강화라는 이율배반을 통해 실현하고자 한다. 초월적 세계로의 진입 가능성을 담보로 현재의 삶을 단속하는 것이 종교라면 철학은 초월적 세계의 존재 자체를 환영으로 부정하는 이성적 주체의 반동이다. '코기토'를 통한 자아 멸실과 초월, 이 이율배반을 통해 송혜근이 그려내는 운명의 궤도는 아이러니한 가역성으로 확장된다.

중요한 것은 『아모르 파티』가 견지하고 있는 지옥과도 같은 삶으로부터의 이탈과 자기 변양이 이 역설적 모순의 역차에 근간하고 있다는 사실이다. 송혜근은 자아의 이성적 지평 너머에 존재하는 초월로의 이행을 자아의 조율로 획득하고자 한다. 『아모르 파티』의 인물들은 초월적 지평으로의 변양이라는 종교적 사유를 자기 심문과 자기 수양이라는 철학적 구체성을 통해 도달하고자 하는 것이다. 초월자에 대한 기대와 주체에 대한 단속과 같은 이율배반적 시도와 노력을 통해 송혜근의 인물들은 현재의 삶을 긍정하는 데 성공한다. 초월적 세계를 향한 현세적 삶의 포기라는 이유로 니체가 부정했던 종교적 삶의 구멍을 '지금-여기'의 삶으로의 투신으로 지양하고자 하는 것이다. 초월과 실제, 주체에 대한 회의와 자기 심문이 생성한 낙차 가운데서 『아모르 파티』는 새로운 코스모스를 위한 잔혹한 우주적 카오스의 세계, 높은 무질서도로 팽창된 엔트로피적 에너지의 공간으로 확장된다.

초월적 세계와 주체의 재발견이라는 역동성과 역설적 가능성을 송혜근은 "운명애" "아모르 파티"라고 호명한다. 그러므로 이 "운명애"는 니체가 말한 허무주의와 염세주의의 극복으로서의 삶에 대한 적극적 포용의 의미와도 구분된다. 현생의 운명과 적극적으로 대면하면서 또 한편 "타멜"과 "천부성"으로의 지양을 추구하는 가역적 운명의 세계, 그것이 송혜근이 조형한 고유한 "아모르 파티", 숙명애의 공간이다. 이 년여라는 한정된 시간, 대학로 '타멜라'라는 옷가게에서 이루어진 『아모르 파티』의 제한된 삶을 우주적 잔혹성으로 조망하는 까닭은 바로 이 때문이다.

2. 우주적 잔혹성 혹은 제9유

법화경의 8가지 비유는 불타는 집과 같은 삶 속에서도 구원보다 욕망의 충족을 먼저 찾는 중생들을 깨달음의 세계로 이끄는 친근한 가르침이라고 할 수 있다. 일종의 철학으로서 불교가 설파하는 것은 덧없이 반복되는 삶 그 자체가 지옥이요 괴로움이라는 사실이다. "나는 너무 오랫동안 살았다"라는 도발적인 문장

으로 시작된 『아모르 파티』의 전언 역시 이에서 크게 벗어나지
않는다.

나는 너무 오랫동안 살았다. 한 천 년? 혹은 억 년? 그런 만큼 나
는 늙고 지쳤다. 모든 것이 반복적이고 익숙하다. 새로운 것은 하나
도 없다. 그냥 비슷한 것을 답습할 뿐이다. 언제 이 지리한 여행을
끝낼 수 있을까?

『아모르 파티』는 "이 지리한 여행을 끝"내기 위한 일종의 비
유품으로 구성되어 있다고 할 수 있다. 우연히 대학로의 옷가게
'타멜라'에서 일하게 된 주인공에게 있어, '타멜'은 불붙은 집이
자 부자 아버지의 집이다. 니체의 말을 빌어 "잔혹하고 무서운
힘Grausame furchtbare Macht"이라고 할 수 있을 이 원초적 현상
은 어쩌면 인생 자체의 함정이자 덫일 수 있다. 손으로 만지는
것마다 황금으로 변하는 마이다스Midas가 반인 반수인 실렌Silen
을 잡기 위해 던진 질문의 대답이 "최선의 것은 당신에게는 불가
능한 것으로, 아예 태어나지 않는 것이고, 존재하지 않는 것이
고, 무로 돌아가는 것이고, 다음 차선의 것은 당신이 빨리 죽는
것입니다"라고 대답했던 '실렌의 지혜'는 니체가 생각했던 그 잔

혹하고 무서운 힘이 끝없이 반복되는 윤회의 삶과 닮아 있음을 짐작케 한다. 이에 아르토가 "삶의 욕망, 우주의 엄밀함, 돌이킬 수 없는 필연성"을 우주적 잔혹성이라고 지칭했다면 송혜근이 그려내는 삶은 우주적 잔혹성 앞에 놓인 개체적 삶의 잔혹함으로 명명될 수 있을 것이다.

무엇인가를 욕망하고 그 욕망을 해소하고 살아가는 인간의 원초현상 자체가 "잔혹하고 무서운 세력"이라면 실렌의 말처럼 태어나지 않는 것이야말로 가장 완전한 삶의 형태일 것이다. 태어나지 않은 생이 완전의 삶의 경지가 되는 이 모순 속에서 『아모르 파티』의 주인공이 선택하는 방법은 일단 '지금-여기'에서 지긋지긋한 윤회의 업을 끊는 것으로 실행된다. 그리고 그 과정은 고뇌를 수용함으로써 고뇌를 극복하는 니체적 방식의 운명애로 구체화된다. 중요한 것은 이 작업이 '뇌호흡'이라는 일종의 신비 체험을 통해 개진된다는 사실이다. "영기통 수련" "기를 통해 영혼을 만나는 수련"과 같은 말이 암시하듯 주인공이 시도하는 변양된 삶을 향한 영혼의 발견은 신비적 세계와의 조우를 통한 주체의 역설적 강화다. '나'는 수련을 통해 완전히 자기 스스로를 지우는 경험을 거듭함으로써 오히려 현실의 '나'를 철저하게 재확립하는 이채로운 역설을 스스로 감행한다.

내가 나에게 말하고 있다. 난 늘 네 곁에 있었어. 네가 힘들고 외로웠던 순간에도 나는 늘 널 지켜보았어. 이제야 알았니? 라고 내가 나에게 말하고 있다. (중략) 아아! 나는 분리됐구나 하고 그 순간 난 느낀다. 육신의 나는 눈을 감은 채 반가부좌를 하고 앉아 있고, 영혼의 나는 허공을 떠돌고 있다. 나는 지상과 허공에 동시에 존재하면서 서로의 느낌을 공유하고 있다.

'뇌'와 '영혼'을 정신의 실체로 급진화한 이러한 세계는 한편 원근법적으로 제약된 공간, 시간의 선조적 질서 가운데 살아가는 대개의 사람들에게 고밀도의 엔트로피이자 카오스로 받아들여질 뿐이다. 즉, 주인공이 추구하는 삶의 양태와 자기 수련의 양식은 브루넬레스키의 원근 투영법 이전의 세계, 이성과 논리로 재단되던 계량적 계몽의 세계 이전의 어떤 삶의 양태에 대한 허용을 요구한다. 이성적 사유와 논리적 구축을 통해 도달했던 자아의 공고함, '코키토'로 요약되는 주체의 관념적 절실함이 일종의 신비적 체험으로 매개된 감각으로 전도된 것이다. 이는 니체 식으로 말하자면 "육체 없는 가장 내부의 영혼"과의 접촉으로 전경화될 것이다. 이성이 아닌 감각, 육체가 아닌 영혼을 통해 대면한 자아는 주체가 의심할 수 없는 정언 명제가 아닌 거부할 수 없는 "느낌"으로 정립된다. "결국은 뇌의 자각과 선택에 달린 문제"로 요약되는 자아의 발견은 이성에 의해 점유되었던 뇌의 탈영토화를 통해 구축될 정신의 유물론으로 개진된다. 이 전도에 의해 기억은 정보로 강등되고 머리는 정보의 저장고로 유물화된다.

정신과 추상적 관념 자체가 유물화된 이 아이러니는 '뇌'를 주체의 생물학적 기관이 아닌 영혼과 정신의 주축으로 격상하는 전복을 동반한다. 이성이나 주체라고 설정되었던 관념적 이데아의 세계를 감촉하고 느낄 수 있는 '감각'의 가시적 세계로 강등시키는 것이다. 이는 한편 '영혼'이라는 말이 그 신비주의적 색채에도 불구하고 타자화된 자아, 대상화된 주체를 지칭한다는 점에서도 확인된다. '영혼'이란 곧 현실적 상징계의 그물 안에 걸려 살아가고 있는 상징계적 주체의 근원적 내면 풍경이자 자아의 실상인 셈이다. 신비적 우울의 추상성과 감각적 체험의 선명함 가운데서 나는 "빛이 되어 흘러 다니"는 "과거"와 조우하고 스스로를 "빛"으로 고양한다. 신비주의와 자아 발견이라는 역설적 아이러니와 모순 앞에서 '지금-여기'의 삶은 완성된 초월적 세계를 향한 매개로 다가온다. "육체를 통해서만 영혼의 완성을 이룰 수 있"기에 선택할 수밖에 없는 우주적 잔혹함, 그리고 잔혹함으로서의 삶인 셈이다.

　이혼한 남편과의 불편한 감정을 정리하고, 십오 년간 숨겨온 이혼 사실을 딸아이에게 고백하는 '나'의 용기는 결국 생애 자체에 대한 긍정으로 수렴된다. "삼 년에 한 번 쯤" 만나 서로의 안위를 묻는 '태진'이나 스스로의 발견을 매개했던 단 센터 원장과의 헤어짐이 주는 안타까움은 인생이 주는 스펙트럼의 일부로 가벼워진다. 이 가벼워진 삶의 무게만큼 개체적 운명의 잔혹성은 우주적 잔혹성의 심연을 내파해간다. 그리고 이에 초월은 '지금-여기'에서 실현된다.

3. 초월의 세계, 타멜 혹은 천부성

　인도에 타멜이라는 곳이 있다. 평화롭고 예스러운 곳. 시간이 직선이 아닌 곡선으로 마냥 더디 흐르는 곳.

　인도의 타멜, 타멜이라고 명명된 절대적 공간, 초월적 지평으로의 일종의 출입구이자 봉인의 역할을 하는 곳이 바로 '타멜라'라는 옷가게다. 흥미로운 것은 타멜라라는 공간이 바로 옷가게라는 사실이다. 의상과 주거와 같은 일상생활의 영역을 철저하게 미학화하고자 하는 송혜근의 노력은 이전의 소설에서 보여주었던 세련된 댄디즘을 연상케 한다. 사소한 모든 것, 일상의 말단에서조차 미를 추구하는 이들의 모습은 일상 자체를 미학화하고자 하는 기획이다.

침실로 가는 통로에는 대나무가 쭉 심어져 있다. 통유리를 통해 보이는 중정의 대나무와 집 안의 복도를 따라 일렬로 심은 대나무 샛길을 걸어 침실로 들어서면 커다란 유리 박스로 된 샤워실과 마주친다. 그 안에서 샤워를 하면 그 자체로 행위예술이 된다. 침대는 샤워 부스가 있는 곳에서 계단 세 개를 내려가야 한다. 침대에 누워서 보면 커다란 통유리 샤워 부스가 앞을 가로막고 있고, 샤워 부스의 유리를 통해 대나무들이 보이고, 위쪽으로 하늘이 보인다. 감나무를 심은 유리 부스도 집 안으로 들어옴으로써 작품이 된다.

실제 송혜근이 살고 있는 조린헌을 연상시키는 집 안의 구조는 소설의 화자나 그녀 스스로가 얼마나 삶의 섬세한 부분까지 미학적으로 재구성하고자 하는지를 짐작하게 한다. 이는 한편 주인공이 일하는 옷가게의 주인공 '폴'이 신학대학을 나온 신부

지망생이었다는 사실로도 변주된다. 종교적 구원과 미학적 일상의 결합은 송혜근이 추구하는 구체적 구원의 양상이기도 하다. 송혜근은 아름다운 외양과 세련된 삶의 양식을 개발하는 것이 단지 겉멋이 아닌 정신적 세계의 세련이자 단련임을 강조한다. 그래서 『아모르 파티』에서 옷은 그저 스스로를 치장하는 외부적 장식이나 섬약한 내피를 가리는 보호막 이상의 의미로 육박해온다. '옷'은 입는 자의 철학이자 영혼의 반영이며 자아의 발현인 셈이다.

각국에서 수입된 옷들이 믹스 매치된 옷가게 타멜라는 그런 의미에서 절대적 지평인 타멜의 상징이자 타멜을 향해 가기 위해 거쳐야만 하는 현생의 삶, 육체가 기거하는 '지금-여기'의 삶의 제유가 된다. 여러 사람들이 들렀다가 그녀와 인연을 맺고 지나쳐 가는 그곳이 곧 그녀의 삶의 축도인 셈이다. 그래서 타멜라에서 '나'는 누군가의 인생에 개입하기도 하고 누군가를 인생에 받아들이기도 한다. 실제적 삶의 지표, 감각 자료sense data인 옷을 통해 구체적 삶의 질감을 얻게 되는 여자의 삶은 감각적 표현 자체가 삶의 본질을 바꿀 수 있다는 선언으로 구체화된다.

몸을 조심하게 하는 고급 옷감보다 뒹굴어도 좋을 부담 없는 감들이 좋아진다. 그러면서 그동안 옷의 감옥에 갇혀 있었다는 걸 깨닫는다. 이제 나는 타멜라 옷을 입고 타멜라에 앉아 있다. 미적 감각이 뛰어난 사람들은 그런 내가 오히려 더 멋스럽다고 한다. 내가 좋아하는 손님들은 자기에게 어울리는 걸 잘 알고 스스로 골라 입는 손님이다. 하지만 그 손님보다 더 마음에 드는 손님은 누가 뭐라든, 어울리든 안 어울리든 상관없이 자신이 좋아하는 옷을 막무가내로 입는 사람이다.

"몸을 조심스럽게 하는 고급 옷감"을 벗고 "뒹굴어도 좋을 부담 없는 감들"을 선택하게 되는 타멜라에서의 변화는 지리멸렬한 운명의 긍정과 중첩된다. 타멜라에서 옷을 입는 행위는 우리가 현재라고 부르는 삶을 껴안는 운명애와 견지될 만하다. 타자의 시선을 거부하고 자신의 욕망에 충실하게 선택하는 의복이란 자기만의 시공간을 통해 있는 그대로의 자기와 조우하는 자기 영사의 수단이다. 소설 내내 현생의 업을 끊고자 전전긍긍했던 그리고 지금 현재 새롭게 만나고 헤어지게 되는 인연의 사슬에 가슴 아파하던 주인공이 단 한 번의 신비체험 이후 이 생을 완전히 긍정하게 되는 까닭도 이와 연관된다. "천부성" "이 시간의 장에서 지은 업을 깨끗이 씻고 천화"하고자 했던 주인공에게 '천부성'이란 마음 속에 놓여 있는 노스탤지어의 근원이자 자기 수양의 본질로 침전한다. 따라서 '천부성'이나 '타멜'과 같은 유토피아는 "이번 생에서 이 오랜 여행을 마"치고 도착하게 될 초월적 지평이자 지금 여기의 시공간에서 조우할 운명으로 증폭된다. "이번 생에서 생을 마감할 수 있는 방법이 있다면 무엇이든 하리라"라는 염세적 허무주의가 숙명에 대한 완전한 몰입과 내통하는 것이다.

자신을 지움으로써, 몸을 지워 자유로워진 영혼으로서의 '나'를 통해 인생은 재구성된다. 들뢰즈가 말한 기관 없는 신체처럼 '나'를 지운 나의 육체는 시간의 선조적 질서와 원근법적 계율이 점유했던 육체를 탈영토화해낸다. 탈영토화된 육체, 질서가 박탈된 육체가 선택하는 새로운 삶의 방식은 바로 "과거가 되어 떠나더라도 후회하지 않을 만큼 온 마음으로 사랑하"는 것, 현실적 삶의 무게와 우주적 잔혹성을 고스란히 하나의 몸으로 받아내는 개체적 운명의 힘이다. 개인의 운명으로 우주적 잔혹성을 감내하는 이 도약을 통해 개인의 운명은 우주의 운명을 흡수하고 내재화하게 되는 것이다.

4. 소설의 운명과 운명의 소설

니체의 숙명애가, "이, 지옥 같은 삶이여, 다시 한 번!"이라는 역설적 긍정으로 수렴된다면 송혜근의 숙명애는 이 지옥 같은 삶으로의 철저한 투신과 해탈로 변주된다. 지금 주어진 삶을 절대적으로 긍정함으로써 허무주의를 극복하는 것이 아니라 그 긍정을 통해 반복으로서의 삶을 마치는 에너지를 얻겠다는 이 지양은 송혜근만의 '아모르 파티'라 명할 만하다.

『이태리 요리를 먹는 여자』『탱고』를 쓴 송혜근은 말단적 감각의 단초를 통해 인생의 굴곡을 묘사하는 데 있어 탁월한 감각을 지녔다. 구체적인 감각지표 위에 구축된 언어를 통해 통속적인 삶은 댄디한 세련미로 번역되곤 했다. 송혜근의 감각적 세련됨은 『아모르 파티』에서 오묘한 정신주의적 신비로 채색된다. 마치 마약으로부터 얻어지는 황홀경의 세계가 그러하듯, 작가가 말하는 신비주의적 감각의 세계란 평범한 현상계의 사람들이 쉽게 이해할 수 없는 체험의 사각지대라고 할 수 있다. 그래서인지 때때로 송혜근의 제안은 도발이자 비약으로 느껴진다. 그러나 한편 이러한 의혹은 스스로를 "미신적인 사람으로 느"끼는 자기 반성과 "이런 것에 관심을 갖는 사람들은 나하고는 본질적으로 다

른 사람들이라고” 고백하는 객관적 회의로 인해 휘발된다. 이를
테면, 현생의 업을 끊어내고자 하는 여자가 딸아이를 지독하고
유일한 “장애”로 언급하는 부분은 그녀가 추구하는 해탈이 무엇
인지를 구체적으로 암시해준다.

　　신비적 체험을 통해 스스로의 육체에서 이탈하고자 하는 송혜
근 식의 초월은 감각적 구체성만큼이나 깊이 있는 인생 자체에
대한 시선으로 현실성의 닻을 내린다. “영혼의 완성”이 현실로부
터의 이탈이나 탈주가 아닌 삶에 대한 자기 반성적 투자와 반영
으로 심화되는 것이다.

　　내가 좋아하는 것, 내가 싫어하는 것, 내가 생각하는 나, 남이 생
각하는 나, 되고 싶은 나의 모습, 좋은 기억들, 나쁜 기억들, 나를 특
징짓는 것, 이런 저런 상황에 반응하는 나의 모습들, 나의 가족들,
친구들, 나의 일, 나의 과거, 나의 현재, 나의 미래……. 나에 대한
많은 질문들이 끝없이 이어진다.
　　“나를 규정짓는 게 뭐라고 생각합니까?”
　　“오감으로 느낄 수 있는 것.”

　　자아를 통해 탈존함으로써 자아를 폐기하고자 하는 모순, 이

역설 속에 근원적인 '아모르 파티'가 있다. "나에 대한 질문"으로 이어지는 '뇌'의 발견과 유체 이탈이란 작가가 소설을 통해 궁구하고자 하는 본질적 질문과 다르지 않다. 즉, "뇌 속의 정보들"을 통해 현재의 기억을 재구하고 재정립하고자 하는 소설 속의 노력은 소설가 송혜근의 작가적 자기 심문의 구체적 형태이자 제유인 셈이다. 자아를 일종의 실체로 취급하는 유물론을 통해 작가 송혜근이 도달하는 오컬티즘에는 스스로를 타자로 정립함으로써 얻게 되는 자기 존재의 위안이 전제되어 있다. 물론 이 위안으로 가는 길에는 오감으로 기록된 기억의 연속성이 있다.

그런 의미에서 여자가 집착하는 옷이나 자신의 삶을 미학화하고자 하는 노력은 이 지독하고 잔혹한 삶을 견디는 소설에 대한 제유로 받아들여지기도 한다. 그래서 그녀는 '타멜라'를 들르는 사람들이 진정 찾는 것은 옷이 아니라 꿈이며 그녀 역시 그들에게 건네는 것이 바로 마음이라고 말한다. "깨어 있음의 가혹함에 눈물이 흐"르고 "진실의 무서움에 뼈가 저리"지만 그것이 곧 삶이고 감각이다. 색성향미촉의 다섯 가지 감각이 인생의 감금이라면 한편 그 감각으로 인해 풍요로워지는 미학적 일상이 곧 삶 아니었던가? 집착과 사랑을 부정하는 것이 아니라 고스란히 껴안아 더 사랑하라는 역설, 어쩌면 현생이란 미래에 대한 긍정에

서부터 비롯되는 것일지도 모른다. 외재적 운명의 지침을 내 몸의 일부로 받아들이는 자기 갱신의 운명애, 그것이야말로 소설의 운명이기 때문이다. 영혼과의 접선이 스스로를 구제하는 훈련이라면 지독한 삶에 있어서 소설의 역할 역시도 마찬가지일 것이다.